GABRIELA

Ein AugenBlick

Mein geliebter Mutsch

Bibliografische Information der Deutschen Nationalbibliothek:
Die Deutsche Nationalbibliothek verzeichnet diese Publikation in
der Deutschen Nationalbibliografie; detaillierte bibliografische
Daten sind im Internet über dnb.dnb.de abrufbar.

© 2019 Gabriela Blumenthal

Herstellung und Verlag: BoD – Books on Demand, Norderstedt

ISBN: 9783750402850

Ein AugenBlick

Mein geliebter Mutsch

*H*allo, schön dass du Dir einen AugenBlick Zeit für mich nimmst. Hier erst einmal meine Wiedererkennungsmerkmale:

Für meine knappen elf Jahre ist mein Mundwerk ein wenig groß geraten, im wahrsten Sinne des Wortes. Denn, ein Kussmund, wie Mum immer sagt, der riesig wirkt, wenn ich lache, sitzt wie ein Farbklecks in meinem Gesicht – dabei finde ich Küssen eklig. Dazu eine grauenhafte Zahnspange, die sich leider nicht verstecken lässt. Ein mit dicken Gläsern ausgefülltes Brillengestell sitzt auf meiner Stupsnase, und große, dunkle Augen, die von langen Wimpern umrandet sind, verstecken sich dahinter. Sie ähneln denen eines Rehs – ebenfalls eine Aussage meiner Mutter. Sommersprossen zieren die Wangen und Nase, und das Ganze wird von einem dunkelbraunen Wuschelkopf, der kaum zu bändigen ist und dessen Strähnen mir teils wirr ins Gesicht fallen, verziert. Das Fahrgestell ist eher dürr und lang, man nennt mich daher, unter anderem, Bohnenstange, oder Strich in der Landschaft. Ich hätte eine optimale Verdauung, meint mein Dad. Es liegt nicht zwangsweise an der

Menge, die ich verspeise, vielmehr am Schneckentempo, das ich an den Tag lege, um die Bissen in den Magen zu bekommen.

Auf jeden Fall bin ich, mit meiner dazu neigenden, aufmüpfigen Art, nicht gerade angesagt bei den Mitschülern, schon gar nicht bei den Jungs, zumal ich zur Tollpatschigkeit neige. Da fange ich so manchen Lacher ein.

Die meiste freie Zeit halte ich mich im großen Garten hinter unserem Haus auf, wo ein prächtiger Baum mich jeden Tag einlädt, auf seinen weitverzweigten Ästen herumzuturnen oder mich einfach nur meinen Tagträumen hinzugeben. Mutsch nenne ich ihn liebevoll. Keine Ahnung warum, es passt einfach zu ihm. Hier kann ich meiner Fantasie freien Lauf lassen, es gibt keine Grenzen. Ich fühle mich aufgehoben und kann so sein wie ich bin, ohne dass jemand mich in Frage stellt.

Freunde brauche ich nicht – denke ich zumindest. Außerdem dürfte ich sie nicht mit nach Hause nehmen, da meine Eltern tagsüber meist nicht anwesend sind. Außer natürlich Mirabella, meine kleine Freundin, die zauberhafte Fee. Sie, die mich stets durch die Welt der Wunder begleitet. Ihr Wesen ist zierlich und scheint verletzlich, dabei trägt sie mich durch das Wunderland, als sei ich eine Feder. Immer hat sie eine Antwort auf meine Fragen, die in der »realen« Welt auftauchen. Und wenn nicht sie, dann sind ihre Freunde zur Stelle.

»Na komm schon, wir gehen dem mal auf den Grund«, und ihr verschmitztes Lächeln macht mich immer wieder neugierig.

Mirabella wohnt nicht alleine in diesem speziellen Land, das sich wie eine Nebenwelt in und um unsere eigene Welt schmiegt. Als wären die beiden Welten vereint und doch sind sie getrennt, zumindest für unsereins die mit »beiden Beinen« auf festem Boden zu stehen scheinen. So schlüpfe ich, so oft wie möglich, wie durch einen dünnen Schleier in die Nebenwelt. Sie ist ja nur einen AugenBlick entfernt. Mirabella sagte mal:

»Im Prinzip, könnte uns jeder sehen und alle Antworten liegen so nah und doch sind sie wieder so fern.«

Aber lasst mich von Anfang an erzählen.

Ach so, habe ich doch glatt vergessen, mein Name ist Melissa, auch Missi genannt.

*A*lles fing an einem verregneten Nachmittag im Spätherbst an. Ich war sieben Jahre alt und hatte kürzlich die erste Klasse in Angriff genommen. Bis dahin war die Welt für mich ganz ok, heute aber öffnete sich plötzlich eine andere Dimension vor mir.

Obwohl es wie aus Kübeln goss, machte ich es mir in einem Regenmantel und einem Schirm auf meinem Mutsch bequem. Es war angenehm warm, und das Blätterdach des Baumes gab mir ein wenig Schutz.

Heute war ich traurig. Es wurde uns mitgeteilt, dass die Mutter einer Mitschülerin krank sei, und nicht mehr lange zu leben hätte. Das ging mir ans Herz. Ich dachte an meine Mum, und was wäre, wenn sie nicht mehr bei uns wäre. Mit Tränen in den Augen umklammerte ich meine Knie und legte mein Kinn darauf. Den Schirm klemmte ich zwischen Arm und Schienbein, und ließ meinen Tränen freien Lauf.

Auf einmal surrte etwas an mir vorbei. Ich blinzelte, damit ich das Etwas durch meinen Tränenschleier und die Regentropfen erkennen konnte. Es sah aus wie ein Schmetterling oder ein Kolibri, nur größer, und das im Regen!

Ich rieb mir die Augen und allmählich lichtete sich der Schleier. Dahinter guckte ein kleines Wesen, mit langen, schmalen, flatternden Flügeln hervor, das einem Menschen ähnelte. Ich erschrak dermaßen, dass ich prompt vom Ast fiel und mit meinen Allerwertesten, auf die nasse Erde plumpste.

»Autsch«! Gott sei Dank war der Ast nicht so hoch. Nachdem ich mich aufgerappelt hatte, schaute ich mich, mein Hinterteil reibend, nach diesem Wesen um. Wo war es denn?

Surr, surr, surr, und das kleine Etwas flatterte wieder vor meiner Nase rum, hielt sich die Hand vor dem Mund und beugte sich vor Lachen krumm. Dabei bemerkte es den Regenschirm nicht, der hinter ihm auf den Boden lag, und es verheddderte sich mit seinem Haar an einer Spitze des Schirmrandes.

Das Lachen war ihm jetzt gänzlich vergangen. Mit wütenden Ärmchen und Beinchen versuchte es sich aus seiner misslichen Lage zu befreien. Was scheiterte; die Flügel standen im Wege. Es sah so zuckersüß aus, dass nun ich mich vor Lachen beugte, und der Schreck sich in null Komma nichts auflöste.

Ich sah dieses Etwas genauer an und konnte es kaum fassen. Ich hatte noch nie sowas Schönes gesehen. Mit den rot glänzenden, lang gewellten Haaren, dem wie aus Kristall grünschimmernden Kleidchen, das knapp über den Knien endete, und riesige, goldschimmernde Flügel, die weit über den Kopf ragten, entzückte es mich. Dabei war es nur gut eine Handfläche groß.

»Du siehst ja aus wie eine Fee!« Bestaunte ich sie mit großen Augen.

»Das bin ich auch, du Dummerchen, könntest du mich jetzt eventuell, und bitte aus dieser Lage befreien!«

Und nochmals erschrak ich und wusste überhaupt nicht mehr, wo mir der Kopf stand. Dieses kleine Ding, ach Fee, spricht sogar.

»Bitte....., hilf mir!«, doppelte sie nach, noch immer mit den Händen rudernd.

Ich riss mich aus meiner Erstarrung und befreite das kleine, entzückende Wesen aus seiner nicht allzu bequemen Lage und setzte es auf meine Hand.

»Wer bist du? Träume ich?«

»Nein du Dummerchen«, wiederholte sie sich, »du träumst nicht. Ich beobachte dich schon so lange, aber du warst nicht in der Lage mich zu sehen – bis heute. Heute war es dir möglich, mich durch deinen Tränenschimmer wahrzunehmen. Willkommen in meiner Welt. Sollen wir jetzt spielen?«, forderte sie mich auf.

Ich war sowas von baff und gleichzeitig entzückt, und konnte in dem Moment nicht unterscheiden, ob ich mich in der Realität oder in einem Traum befand. Der Anblick dieses entzückenden Geschöpfes hielt mich gefangen. Hatte fast schon Angst, dass ich gleich aus diesem Traum erwachen würde und der ganze Zauber vorbei wäre.

Doch dies hier unterschied sich so sehr von meiner sonstigen Träumerei. Da, wo ich mir die ganze Welt so zurechtbog, dass sie einfach nur wunderbar war. Das hier war aber kein Traum. Kokett schaute mich die kleine Fee an und pikste mich mit ihrem Stab, vielmehr Stäbchen, den sie mit sich trug, in meinen Daumen.

»Aua, das hat jetzt aber echt weh getan!«, perplex schaute ich vom Finger zur Fee.

»Na, aufgewacht? Du befindest dich nicht in einem Traum, vielmehr siehst du nun die ganze Welt, nicht nur den Teil, den ihr Menschen im Allgemeinen sieht. Wir sind auch da, aber nur wenigen von euch ist es ermöglicht, hinter den Schleier zu gucken«, erklärte sie mir.

Dass sie recht hatte, durfte ich in diesem Moment erfahren. Meine Mum war in der Zwischenzeit nach Hause gekommen und rief nach mir.

»Kleines, was machst du da? Du wirst ja ganz nass, komm bitte sofort rein!«

»Aber Mum, ich habe hier eine kleine Fee, willst du sie nicht auch mal sehen?«

»Rede keinen Unsinn, Melissa, und komm jetzt sofort rein, du holst dir noch einen Schnupfen.«

Irritiert sah ich das schmetterlingsähnliche Wesen an, das nur mit den Schultern zuckte und wieder ihr entzückendes Lächeln aufsetzte.

»Sagte ich doch, nur wenige können uns sehen.«

»Uns?« Mit großen Augen schaute ich umher, konnte aber ansonsten niemanden ausmachen.

»Ja uns, nur bist du auch noch nicht soweit, gleich alles und alle zu erblicken, erst mal mich, und wenn du bereit bist, dann zeige ich dir mehr.«

»Kommst du jetzt bitte rein Melissa, ich will es nicht nochmal sagen müssen!«, rief Mum, diesmal energisch.

»Jetzt muss ich aber sausen, wann werde ich dich wieder sehen?«

»Wann immer du Lust hast.«

Hops, und schon flatterte sie wieder vor meiner Nase rum. So nahe, dass ich schielen musste, um sie zu sehen.

»Sieht süß aus, wie du mich so anguckst«, meinte sie schmunzelnd. Mit einem breiten Lachen im Gesicht rannte ich auf die Veranda zu, als mir plötzlich einfiel, dass ich gar nicht ihren Namen wusste. Abrupt blieb ich stehen und drehte mich nochmals um:

»Hey, Fee, hast du auch einen Namen?«

»Mirabella«, kam prompt die Antwort, was ich mit einem zufriedenen Lächeln quittierte.

Klitschenass betrat ich das Wohnzimmer. Es bildete sich eine Wasserpfütze unter mir, während ich die Verandatür schloss. Klar, sah ich in dem Moment keine Freude in Mamas Augen.

Sie trug mich zur Garderobe, wo sie mir half, mich von den nassen und verschmutzten Kleidern und Stiefeln zu befreien. Während sie mir meinen Wuschelkopf mit einem Badetuch trocken rieb, ließ sie die Neugier nicht los:

»Mit wem hast du dich vorhin da draußen unterhalten?« Mum war zum Glück nicht mehr genervt.

»Mit Mirabella, der kleinen Fee.«

»Ach ja, du Träumerin«, lächelte meine Mutter und gab mir einen kleinen Stupser auf die Nase.

Sie glaubte mir nicht. So wie Mirabella mir prophezeit hatte. Die Erwachsenen konnten sie gar nicht sehen.

»Mum, du musst nur die Augen öffnen, jeder kann sie

sehen, wenn man nur will«, versuchte ich, sie zu überzeugen.

Die Begeisterung hielt sich bei Mum in Grenzen, und
ihre Antwort war nichts weiter als ein:

»Ja, ja, träum du ruhig weiter.«

Das hinderte mich aber nicht daran, den Kontakt zu Mirabella aufrecht zu erhalten.

$\mathcal{A}$m nächsten Tag konnte ich es kaum erwarten bis die Schule endlich aus war. Ich rutschte auf dem Stuhl hin und her und wartete nur auf die Mittagsklingel. Nach geschlagenen zwei Stunden, das kann eine Ewigkeit sein, läutete die Pausenglocke. Eilig begab ich mich zur Mensa. Zu meinem Bedauern gab es heute Kohlroulade, eine Mahlzeit, die partout nicht in meine Geschmacksrichtung passte. Ich bekam kaum einen Bissen runter, wollte einfach nur nach Hause.

Ganze zwei Stunden Mathe lagen noch vor mir, was mir lag und überhaupt keine Mühe bereitete, genauso wie Sprachen, ...eigentlich. Doch heute waren meine Gedanken unentwegt bei Mirabella und der noch mysteriösen Welt, die ich unbedingt kennenlernen wollte. Die Stunden, Minuten zogen sich so dermaßen lange dahin, dass ich schon wieder kribbelig wurde. Mehrmals ermahnte mich die Lehrerin aufzupassen. Ich bemühte mich ja, ...aber es funktionierte halt nicht; da gab es etwas, was sich mit Mathe nicht messen ließ.

Als endlich der Schulbus an der Haltestelle, fünfzig

Meter vor unserem Haus hielt, hüpfte ich pfeifend und trällernd aus dem Bus und schnurstracks Richtung Haus. Mum und Dad waren wie immer bei der Arbeit und, da Freitag war, hatte ich auch keine Schulaufgaben. Also nichts wie raus zu meinem Baum. Erwartungsvoll blieb ich davor stehen und wartete, doch nichts tat sich. Mirabella war nicht hier – oder konnte ich sie vielleicht nicht mehr sehen? Hatte sie nicht gesagt, dass sie schon lange bei mir gewesen war, ich sie aber nicht wahrgenommen hatte? Ich kniff die Augen ein wenig zusammen, vielleicht ging es so.

Hm, »Mirabella?«, rief ich vorsichtig, aber nichts tat sich.

Traurig sprang ich auf den Ast des Baumes, umklammerte meine Knie, horchte, und schaute herum. Mirabella war nicht wahrzunehmen. Nach einer ganzen Weile legte ich mich dann auf dem Ast nieder und guckte, die Beine übereinandergeschlagen, durch das Blätterdach, wo mich kleine helle Punkte, von der Sonne erzeugt, im Gesicht kitzelten.

Im Gegensatz zu gestern, war heute ein warmer und sonniger Tag. Möglich, dass sich Mirabella nur im Regen zeigte?! Und sehnlichst wünschte ich mir Regenwolken herbei. So träumte ich vor mich hin, als plötzlich etwas meine Nase kitzelte. Ungeachtet was es war, wischte ich mit der Hand unwirsch über meine kleine Stupsnase und öffnete die Augen. Und da lächelte sie mich an und stupste mich gleich noch einmal mit ihrem Stab an die Nase. Ich musste lachen und hätte sie am liebsten aus lauter Freude umarmt. Ich wollte sie jedoch nicht verletzen, so streckte ich ihr meine Hand entgegen und sie setzte sich darauf.

Ich dachte schon, dass ich sie nie wiedersehen würde, oder das alles gar nur ein Traum war.....

Mit großen Augen bewunderte ich sie und konnte es nicht glauben, aber es gab sie wirklich, und es gab sie schon so lange. Alles, was ich auf dem Baum dem Winde anvertraute, vertraute ich auch ihr an.

»Weißt du Melissa, wie ich dir bereits sagte, ich war schon immer da, du konntest mich nur nicht wahrnehmen. Aber ich weiß alles über dich, deine Ängste wie auch deine Träume. Alles habe ich aufbewahrt und hüte es wie einen kostbaren Schatz.«

»Aber bist du denn immer nur alleine in dieser Welt?«, wurde ich neugierig.

»Neeeeein, wie ich dir schon sagte, ich bin dir nur am nächsten, durfte dich trösten, als du traurig warst, und dich beruhigen, wenn du wütend warst. Kannst du dich jetzt erinnern?«

Und so gingen mir einige Situationen in meinem Leben durch den Kopf, wo ich entweder verzweifelt, traurig oder auch glücklich war. Ich war nie wirklich alleine, ich hatte immer meinen Baum und den Wind, denen ich alles anvertraute.

Und nun wusste ich auch, warum mir das sooo guttat. Stets war Mirabella anwesend, ohne dass ich sie sah.

Tag für Tag freute ich mich auf die Stunden mit ihr. Von nun an konnte ich sie immer gleich sehen, und wir lachten und tobten im Garten herum. Egal, was für Wetter es war, auch Regen tat unserem Vergnügen keinen Abbruch.

Meine kleine Fee und ich waren ein eingespieltes Team,

wir wollten immer das Gleiche und lachten über dieselben Missgeschicke. Wie ich, war auch Mirabella dazu geneigt manchmal ein bisschen tollpatschig zu sein. Einst flog sie gegen einen Ast, als sie mir ihre Zauberpiruetten zeigen wollte, und blieb mit ihrer roten Mähne an einem Blatt hängen. Lachend befreite ich die, vor Scham und Schmerzen, schimpfende Bella, wie ich sie auch liebevoll nannte, aus ihrer misslichen Lage. Schnell glättete sie ihr Kleidchen und versuchte ihren Wuschelkopf wieder in Ordnung zu bringen, hob ihren Zauberstab vom Boden auf und meinte dann kokett:

»Das gehört zu meiner Zauberpiruette.« Doch die Schamesröte brachte sie nicht aus ihrem niedlichen Gesicht. Ich musste liebevoll lächeln und fischte noch einen kleinen Holzsplitter aus ihrem Haar, der sich darin verheddert hatte.

Ein anderes Mal, als ich Hunger bekam und in Richtung Haus lief, um schnell einen Apfel zu holen, flog sie mir nach. Dummerweise bemerkte ich das nicht und als ich die Verandatür hinter mir schloss, plumpste Mirabella kopfvoran an die Scheibe. Benommen fiel sie zu Boden, und ich erschrak fürchterlich. Ich hatte solche Angst, dass sie nicht mehr leben würde, und machte einen riesen Aufstand.

Glücklicherweise waren weder meine Eltern noch die Nachbarn anwesend. Weiss Gott was passiert wäre, wenn mich jemand gehört hätte. Durch meinen Aufschrei und dem Getobe, das ich veranstaltet hatte, war meine Fee dann halbwegs wieder zu sich gekommen. Eine kleine Beule auf der Stirn und zerknitterte Flügel war alles, was sie abbekommen hatte. Noch halb unter Schock hob ich sie auf und trug sie zurück zum Baum. Da legte ich sie in ein aus Moos gebautes Bettchen, worin sie sich auch sonst immer gerne rekelte. Sie sah jämmerlich aus und ich konnte nichts tun, also blieb ich an ihrer Seite und tröstete sie, so gut es ging.

Plötzlich ging mir ein Licht auf. Wo war denn nur der Zauberstab? Ich rannte zurück zum Haus und suchte die Veranda akribisch danach ab. Als ich das, noch nicht einmal Streichholz große Stäbchen, endlich entdeckte, machte ich einen Freudensprung. Durch den heftigen Aufprall war er doch ein ganzes Stück von der Verandatür entfernt im Gras gelandet.

Glücklich hüpfte ich zurück zum Moosnest und drückte ihr den Stab in ihre zierliche Hand. Doch Mirabella hatte nicht die Kraft, den Zauberspruch zur Genesung zu sprechen, geschweige denn den Zauberstab zu schwingen. Also nahm ich das Stäbchen wieder an mich. ›Wie zum Kuckuck funktioniert dieses Ding?‹

Kann mir denn niemand helfen, flehte ich ins Nichts hinein. Und plötzlich, wie von Zauberhand, verselbständigte sich der Stab, machte ein paar Schwünge hin und her und klopfte am Schluss sanft auf Mirabellas Oberkörper und sie kam wieder zu sich. Ich war so erleichtert, jauchzte und sprang von einem Bein aufs andere, sang und konnte mich kaum einkriegen. Bella rieb sich währenddessen ihre Beule an der Stirn und versuchte die Flügel wieder gerade zu biegen, indem sie superschnell damit flatterte.

Sie brauchte eine Weile, bis sie wieder ganz bei sich war,

dann lachten wir beide über dieses, doch noch glimpflich ausgegangene Malheur.

$\mathcal{D}$ie Schule war aus, mal wieder ein Tag, an dem ich ein Lacher kassiert hatte. Dabei musste ich selber mitlachen, als ich über meinen eigenen Schulsack stolperte und quer zwischen die Schulbänke fiel. Dummerweise riss ich den Becher mit Malfarbe, eines Mitschülers, mit und bekleckerte das wunderschöne Kleid von Sandy.

Au weja, das würde echten Zoff geben. Unsere Misslady der Schule, die unfehlbar und arrogant war, musste sich mit grünen Tupfern von Kopf bis Fuß abfinden. Da konnte ich mich nicht mehr am Riemen reißen und prustete los, und die ganze Klasse gleich mit. War nicht gerade geschickt, den Rest der Stunde verbrachte ich vor dem Klassenzimmer, nachdem ich die Farbe mühsam weggeputzt hatte. Sandy bekam schulfrei, und ich musste mich dann auch noch bei ihr entschuldigen.

Gut waren Mum und Dad nicht zu Hause, so hatte ich noch ein wenig Zeit für mich. Wie immer schmiss ich Schulsack und Schuhe in eine Ecke und rannte geradewegs in den Garten auf den Baum. Ich legte mich auf meinen

Lieblingsplatz, überkreuzte die Beine und knabberte an einem kleinen Zweig. Die Sonne schien und ein feiner Windhauch strich über meine Haut.

»Hey Mirabella«, lächelte ich die kleine Fee an, die sich auf meinem Knie niederließ. »Heute war mal wieder ein verschissener Tag, aber trotzdem lustig«, musste ich wieder loslachen.

Ich erzählte ihr von meinem Missgeschick und Mirabella lachte mit mir. Es war einfach schön, eine so liebe Freundin zu haben. Und das Leid war nur noch halb so groß, wenn man von Leid reden konnte. Klar, die Beichte meinen Eltern gegenüber blieb noch aus.

»Bella«, fragte ich sie mit einem Stirnrunzeln, »wir kennen uns nun schon eine ganze Weile, wann willst du mir mal deine Freunde vorstellen?«

»Jederzeit Melissa, wenn du willst, gleich heute.«

»Das wäre supercool«, antwortete ich mit einer Begeisterung, die meine Mundwinkel von einem Ohr zum anderen zog, und meine Augen wie zwei Sterne leuchten ließ.

»Ach bitte, bitte, bitte«, bettelte ich sie an.

»Doch muss ich dich warnen, nicht alle Wesen sind da so lieb und hübsch wie ich.« Mit erhobener Brust, und hinterm Rücken verschränkten Händen, den Kopf kokett auf der rechten Schulter liegend, schmunzelte sie dem Himmel entgegen.

Ich konnte nicht anders und kitzelte sie mit meinem Finger seitlich an ihren Rippen. Bella war sehr kitzlig und beugte sich vor Lachen, und um aus meinen Fängen zu entkommen, hatte sie keine andere Wahl als fortzufliegen.

»Los, komm schon, Abenteuer Nummer eins beginnt«, rief sie mir zu und flog durch das Blätterdach.

Ja was, soll ich ihr Nachfliegen? Fragend schaute ich ihr hinterher.

»Könntest du mir bitte verraten, wie ich das anstellen soll?«, rief ich verdutzt.

»Mach einfach die Augen zu!« Ich tat wie geheißen, und plötzlich befand ich mich in einer unfassbaren, von Licht und Farben getränkten Welt. Überall flogen kleine eifrige Wesen umher und pflückten Beeren und Blumen, legten sie in Mini-Körbe und flogen weiter. Es waren Wesen, ähnlich Mirabella, nur noch kleiner, aber auch größer und überhaupt befand ich mich in einer absolut unwirklichen Welt.

Das Beste daran war, ich konnte mich, gleich meiner Fee, in der Luft fortbewegen. Ich hatte keine Flügel, aber ich flog. Als ich sie darauf ansprach, wie das denn überhaupt möglich sei, war ihre Antwort:

»Du befindest dich in der Astralwelt, oder Nebenwelt, wie du es nennen möchtest. Da kannst du dich unheimlich schnell, und alle Hindernisse überwindend, fortbewegen.«

Ich kam aus dem Staunen kaum noch heraus. Bäume, die sich wie Riesen bewegten und auch ein Gesicht hatten, wie auch die Blumen und alle anderen Pflanzen. Alles schien zu leben, in Einklang und Frieden.

»Das sind Naturgeister, aber lass dich von der Ruhe und dem Frieden nicht täuschen Melissa, auch hier haben wir Wesen die nicht nur Gutes wollen, was ihr in der Nebenwelt auch manchmal zu spüren bekommt. Bedenke nur die Stürme, die von wütenden Geistern herauf beschworen werden.« Doch hier und jetzt kam ich, vor lauter Schönheit, kaum aus dem Staunen heraus, und ließ mich von ihren Ermahnungen nicht einschüchtern.

Auf unserer Wanderung überquerten wir einen prachtvollen See, der mehr einer großen Lagune glich. Ein tosender Wasserfall, der von weit oben mit einer beeindruckenden Kraft in die Tiefe schoss, und in mir ein Bild der Ehrfurcht erzeugte.

Überall pfiffen, schon fast sangen, Vögel deren Gefieder in allen nur erdenklichen Farben und Formen schimmerten. Fische sprangen aus dem Wasser, und es sah fast so aus, als würden sie Fangen spielen.

Ich setzte mich am Ufer auf einen Stein nieder, und ließ mich von dieser unsagbaren, schönen Szenerie verzaubern. Bella gesellte sich zu mir und flatterte mit ihren goldigen Flügeln, auf meiner Kopfhöhe.

»Wie kann es sein, dass ich alles so intensiv wahrnehme, die Farben, die Töne, die Vögel.....?«

»Das kommt daher, dass du, wenn du zu Hause bist, gar keine Zeit hast, die Natur zu bewundern. Und hier kannst du gar nicht anders.«

Noch eine ganze Weile genossen wir das Treiben der vielen kleinen und großen, mehr oder weniger bekannten Wesen, bis es dann aber höchste Zeit wurde wieder zurückzukehren.

Als ich die Augen öffnete, sass ich an der genau gleichen Stelle wie zuvor, als wir zu diesem außerordentlichen Ausflug starteten. Mirabella lächelte mich an und stupste meine Nase mit ihrem Zauberstab leicht an.

»Bis morgen, meine Süße«, verabschiedete sie sich von mir und löste sich in Luft auf.

Gerne hätte ich meinen Eltern von diesem Erlebnis erzählt, doch wagte ich noch nicht einmal einen Versuch, ich wusste ja nicht, wie sie reagieren würden.

»Missi, Zähne putzen und ab ins Bett mit dir«, rief Mum hoch.

Ein Abend, an dem Mum mal wieder zu Hause war. Sie musste hart arbeiten, daher waren Dad und ich meistens alleine. Doch heute kam sie, um mir gute Nacht zu sagen, und drückte mir einen liebevollen Kuss auf die Stirn. Diese seltenen Momente genoss ich umso mehr.

Noch lange blieb ich wach, und ließ die Reise wieder und wieder durch meinen Kopf gehen. Ließ all die wunderbaren Eindrücke nochmals auf mich wirken, bis ich dann irgendwann mitten in meinen Gedanken einschlief.

*D*er Wecker klingelt. Schlaftrunken strecke ich meine Hand Richtung Störenfried und zwinge ihn zur Ruhe. Die Sonne blendet mich durch den kleinen Spalt zwischen den Vorhängen. Nur schwer kann ich meine Augen öffnen und versuche es erst einmal mit Recken und Strecken. Mit der linken Hand taste ich nach Jeff, meinem Ehemann, der Griff geht ins Leere.

Ein vertrauter Duft, der aus der Küche kommt, verrät mir, dass es mal wieder Sonntag ist. Da werde ich immer von meinem Göttergatten, mit Kaffee, Eier und Zopf verwöhnt. Geduldig und mit Vorfreude warte ich auch heute auf sein Kommen.

»Guten Morgen Missi, Zeit, den Tag zu begrüßen.«

»Guten Morgen Liebling«, begrüße auch ich ihn mit einem dankbaren Lächeln. Es ist so schön, solch eine Aufmerksamkeit zu erhalten. Genüsslich geben wir uns dem Frühstück hin, nachdem Jeff die Vorhänge aufgezogen und die Sonne ganz ins Zimmer gelassen hat.

Doch ist die Zweisamkeit nur von kurzer Dauer. Mit Geschrei und Gejaule rennen Tim und Belinda, die auch liebevoll Bella von uns genannt wird, in unser Zimmer, direkt auf unser Bett und überrennen uns mit Gelächter und Gepiepse. Es blieb uns gerade noch genug Zeit, um das Frühstück zur Seite zu schieben.

»Na wartet, Rasselbande, jetzt kitzle ich euch!«

Jeff packt die zwei und kitzelt sie, bis sie um Gnade flehen. So beginnt bei uns meistens der Sonntag. Wir alle genießen diese wunderbaren Momente des Familienglückes. Jeff packt die Kleinen, unter jedem Arm einen, und bringt sie in ihr Zimmer, wo sie sich ankleiden. Danach nehmen sie das Frühstück, alleine mit ihrem Papa, in der Küche ein. Das ist die Zeit, die ich völlig für mich habe. Während Jeff nach dem Frühstück mit Tim und Belinda eine Fahrradtour zu den Großeltern ins Nachbardorf unternimmt, genieße ich die wenigen Stunden der Ruhe.

Ich lasse mir ein heisses Schaumbad ein, und mache es mir darin gemütlich. Ich bin so glücklich, solch eine Familie zu haben.

Erinnerungen an meine Kindheit kommen hoch, und mit Wehmut erscheinen wieder die Bilder vor mir, die ich eigentlich vergessen wollte.

Mit fast elf Jahren wurde mein Leben völlig aus der Bahn geworfen.

Es geschah an einem verregneten Morgen. Mutter hatte mich zur Schule gebracht, da wir verschlafen hatten, und der Bus bereits weg war. Nun war auch Mum zu spät dran und musste sich beeilen, um rechtzeitig an ein Meeting zu kommen.

Es war Herbst und auf der nassen Fahrbahn lagen Blätter von den, sich langsam in den Winterschlaf begebenden Bäumen. Die Straße war glitschig und durch die wahrscheinlich viel zu hohe Geschwindigkeit, mit der sie fuhr, geriet sie ins Schleudern und raste geradewegs auf einen Baum zu. Sie hatte keine Chance, sie verstarb noch an der Unfallstelle.

Was dann geschah, war für mich einfach nur wie in einem schlechten Film. Vater kam mit der Situation überhaupt nicht zurecht und war mir in keinem Fall eine Stütze. Er hatte Mum so geliebt und konnte oder wollte nicht ohne sie leben. Was mit mir geschah, das blendete er vollkommen aus. Er nahm mich noch nicht einmal mehr wahr.

Es vergingen Wochen, in denen er mehr und mehr dem Alkohol verfiel. Nach und nach kapselte er sich von der Außenwelt ab, und ich war immer mehr auf mich alleine gestellt. Er gab mir Geld, um einzukaufen, und irgendwie konnte ich am Abend immer was auf den Tisch zaubern. Ich schämte mich und pflegte auch keinen Kontakt mehr zu meinen Mitschülern. Großeltern hatte ich keine, und so musste ich mich arrangieren. Das einzig Positive war, dass ich wenigstens in der Mensa etwas zum Mittagessen bekam.

Bis jemand das Jugendamt auf unsere missliche Lage aufmerksam machte, war ein halbes Jahr vergangen. Meiner Klassenlehrerin entging nicht, dass ich stets die gleichen Kleider trug und meist ungepflegt zur Schule kam. Nicht, dass sie sich nicht um mich gekümmert hätte, sie fragte mich mehrmals, ob alles in Ordnung sei, was ich immer bejahte. Drei, viermal hatte sie meinen Vater kontaktiert. Da war er zumindest noch in der Lage alles in bester Ordnung darzustellen. Allerdings konnte er meine Lehrerin nicht wirklich überzeugen. Spontan besuchte sie uns eines Tages, und war dermaßen erschrocken über den Zustand, der in unserem Haus herrschte. Vater war sturzbetrunken, zu der Zeit hatte er auch bereits seine Arbeitsstelle verloren, und im Hause herrschte das blanke Chaos.

Nun ging alles sehr schnell. Noch am selben Tag erschien das Jugendamt und holte mich da raus. Ich wurde zu einer Pflegefamilie gebracht. Wir hatten ja keine Verwandten, Vater wie Mutter waren Einzelkinder gewesen.

Es fiel mir schwer, mich in dieses neue Umfeld einzugewöhnen, ich hoffte noch lange, dass Dad zur Besinnung kommt und mich wieder zu sich holen würde. Doch nichts geschah, ich fühlte mich allein gelassen; erst verlor ich meine Mutter und dann auch noch meinen Vater. Wobei es schwieriger war, meinen Vater zu verstehen – zumal er ja noch lebte – und mich einfach nicht mehr in sein Leben ließ. Das schmerzte so sehr, dass ich anfing, ihn zu hassen. Das war immer noch leichter zu ertragen, als das Gefühl, vom eigenen Vater im Stich gelassen worden zu sein.

Also versuchte ich mich, so gut es ging, in mein neues Zuhause zu integrieren. Die Pflegefamilie nahm mich mit Fürsorge und Liebe auf. Zusammen mit zwei weiteren Pflegekindern und drei Eigenen lebte ich die nächsten Jahre bei den Zbindens. Sie waren mir stets eine große Stütze, wenn mich die Sehnsucht nach meiner Mutter einholte. Liebevoll und mit viel Geduld begleiteten sie mich durch die schwierige Zeit.

Als ich in die Oberstufe kam, wurde ich mit der Mitteilung konfrontiert, dass sich mein Vater das Leben genommen hatte. Es berührte mich noch nicht einmal so sehr. Ich hatte nun meine Familie, und von Vater hatte ich mich in den letzten zwei Jahren emotional schon so weit entfernt, dass ich ihm auch keine Träne nachweinte. Ich ging nicht an seine Beerdigung; ich wollte dieses Kapitel einfach nur abschliessen. Alle hatten Verständnis und akzeptierten meinen Entschluss.

Caroline, eine Schulfreundin, war mir in dieser Zeit eine liebe und vertraute Freundin geworden. Gegenseitig spendeten wir uns Trost und teilten auch freudige Ereignisse miteinander. Diese Freundschaft hält bis heute an.

Mittlerweile hatte ich mich auch wieder zu einer guten Schülerin gemausert, nachdem ich den Verlust meiner Eltern verarbeitet hatte. Nach einem sehr guten Hauptschulabschluss entschloss ich mich zu einer Lehre im kaufmännischen Bereich, und erhielt prompt eine Lehrstelle bei der hiesigen Bank.

Mit Eifer und Einsatz in den folgenden drei Jahren, schloss ich die Lehre mit einer sehr guten Note ab, und bekam bei der Bank gleich eine Festanstellung.

So vergingen die Jahre in denen ich meist glücklich und zufrieden war. Meine Pflegefamilie begleitete mich weiterhin, zu denen ich auch heute noch einen liebevollen Kontakt habe.

Wie bei mir, wuchs die Familie auch bei den anderen. Meine zwei »Artgenossinnen«, Silvie und Magdali, die auch von meinen Pflegeeltern groß gezogen wurden, haben mittlerweile ebenfalls eine eigene Familie. Die drei leiblichen Nachkommen der Zbindens, machen entweder Karrieren oder ziehen um die Welt.

Marlis befindet sich auf einer Weltreise und hat überhaupt kein Interesse sich irgendwo niederzulassen, sie ist die Jüngste der Dreien.

Peter arbeitet als Abteilungsleiter bei derselben Bank wie ich, und hat sich den höchsten Posten zum Ziel gesetzt.

Tania, die Älteste, hat sich eine eigene Werbeagentur aufgebaut und denkt überhaupt nicht an Kindergeschrei und fleckige T-Shirts, was ihrem Freund Collins gar nicht gefällt. Der liebt Kinder und hätte nichts gegen eigene Sprösslinge.

Da ich die ersten Jahre ohne Geschwister aufwuchs, und es mich keineswegs gestört hatte, muss ich jetzt doch sagen, dass ich dankbar bin, eine so große Familie bekommen zu haben. Es ist schön für einander da sein zu dürfen.

»Hallo Mamma, wir sind zurück«, ertönt es vom Untergeschoss.

Schlagartig holen die Stimmen meiner Kinder mich in die Gegenwart zurück. Das Wasser ist schon unangenehm abgekühlt. Schnell steige ich aus der Badewanne und kuschele mich in ein grosses Badetuch, während ich nach unten rufe:

»Hey Tim, hey Bella, ich komme gleich runter, ziehe mir bloß schnell was über.«

»Beeile dich Mum, wir wollen an den See, es ist so schön

warm!«, ertönen die Kinderstimmen synchron von der offenen Haustür.

Ein Lächeln huscht über mein Gesicht; ja, am See ist es wirklich wunderschön. Da haben Jeff und ich uns kennengelernt. Eine wohlige Wärme erfüllt meinen Brustraum, und meine Mundwinkel beugen sich nach oben.

Doch nun ist keine Zeit zu träumen. Die Kinder warten nicht gerne. Schnell ziehe ich mir ein leichtes Sommerkleid über. Es ist das Kleid, worin Jeff mich das erste Mal sah.

Es passt noch immer, ...oder wieder. Erneut neige ich dazu, die Zeit zu vergessen.

Noch schnell lege ich ein paar Leckereien, die ich tags zuvor zubereitet hatte, in den Picknickkorb.

»Wir können dann los«, rufe ich in den Garten hinaus, wo die drei vergnügt herumtollen.

Bewundernd schaut mich Jeff an, als ich die Veranda betrete. Liebevoll nimmt er mich in die Arme, und haucht mir einen Kuss auf die Stirn.

»Du bist noch immer so schön wie am Tag als ich dich das erste Mal am See traf. Ich liebe dich mein Schatz.«

Na ja, mittlerweile trage ich keine Zahnspange mehr, und die dicke Brille wurde durch eine Laser-Operation zu hundert Prozent ersetzt, ich brauche noch nicht einmal mehr eine Brille. Was mir geblieben ist, ist mein Wuschelhaar, das Jeff aber unwahrscheinlich sexy findet. Verliebt lege ich ihm meine Hände um den Hals und drücke ihm einen Schmatzer auf den Mund.

»Wääääh, müsst ihr das hier machen?«, empört sich Tim, der sich im Alter von ›Mädchen sind doof‹ befindet. Da haben Küsse keinen Platz und sind eklig. Wir müssen beide schmunzeln und lassen einander widerwillig los.

»Na kommt schon, sonst ist unser Lieblingsplatz am See am Ende besetzt«, fordert Tim bestimmt.

Fröhlich hüpfend steigen wir alle ins Auto und fahren los.

Ein kleiner Badesee, künstlich angelegt in idyllischer Umgebung, zwischen kleinen Hügeln und im Hintergrund mächtige Berge, ladet zum toben, spielen im Sand und auch zum Entspannen ein. Unser Platz ist frei, das gibt Freudensprünge und jeder legt sein Badetuch nieder.

Als Erstes kommt nur ein Sprung ins kalte Nass in Frage. Ein Wettrennen beginnt, wer als Erstes den Holzsteg erreicht, hat gewonnen. Ich lasse sie ziehen, lege mich genüsslich auf mein Badetuch und schaue dem Treiben mit einem glücklichen Lächeln zu.

»Na kommt schon, Rasselbande, es gibt was zu Essen«, rufe ich meinen Lieben nach einer geraumen Zeit zu.

Ich habe gerade den Picknickkorb ausgepackt und keiner lässt sich zweimal bitten. Seit zwei Stunden toben sie schon im Wasser und auf dem Sandplatz herum, da lässt der Hunger gerne eine kurze Pause zu. Belegte Brötchen, mit Schinken, Salami und Käse lächeln uns an, und ratz fatz, sind sie auch schon verspiesen.

»Als Krönung gibt es ein Eis«, überrasche ich sie. Wobei sie insgeheim sicher schon damit gerechnet haben. Ist bei uns jedes Mal das gleiche Prozedere; das Eis darf nicht fehlen!

»Jepjeh«, kommt die Antwort trotzdem prompt. Es kann nicht schnell genug gehen. Obwohl die Kieselsteine in ihre Füße piksen, und sie mit rudernden Armen versuchen, das Gleichgewicht zu bewahren, rennen sie so schnell wie möglich zum Kiosk.

Jeder bekommt sein Eis, und gemächlich geht es wieder zu unserem Sitzplatz zurück.

Nun geben auch Jeff, Tim und Belinda sich der Sonne hin. Tim und Belinda auf ihren Handys spielend oder Musik hörend. Jeff schließt genüsslich seine Augen und lässt sich von der Sonne wärmen, während ich mich meinem Roman von Coelho widme.

»*M*amma?« Mit großen, fragenden Augen schaut mich Belinda an.

»Ja mein Schatz?« Wir befinden uns draußen im Garten, ich habe es mir auf der Veranda gemütlich gemacht und lese in meinem Buch, während Bella, auf dem großen, weitverzweigten Baum sitzt, so wie ich damals.....

Als mein Vater starb, wurde mir das Elternhaus übertragen. Da ich noch zu klein war, um dort überhaupt zu wohnen, geschweige denn es zu verwalten, wurde mir ein Vormund gestellt. Er, Herr Jakobs, kümmerte sich darum, vermietete es und sah zum Rechten. Als ich volljährig wurde, und die Verantwortung für das Haus übernehmen konnte, beschloss ich, es weiter an das bereits seit Jahren darin wohnende, ältere Ehepaar zu vermieten. In deren Händen war es gut aufgehoben.

Erst als die Zwei in ein Altersheim zogen, entschieden Jeff und ich, wir waren da schon länger zusammen, das Haus selber zu bewohnen. Wir renovierten es gänzlich und modernisierten es nach unseren Wünschen. Nur eines blieb beim Alten, der Baum, mein Mutsch.

Belinda turnt gerade auf ihm herum, so wie ich damals, mit dem Unterschied, dass ich meistens alleine war.

»Maaaaama! Hörst du mir überhaupt zu?«, schimpft meine Kleine, und reißt mich aus meinem Tagtraum.

»Ach, entschuldige Bella, ich war gerade woanders mit meinen Gedanken, was hast du gefragt?«

»Gab es den Baum auch schon, als du klein warst?«, will sie wissen.

»Aber ja«, antworte ich ihr mit Inbrunst. »Die Zweige waren nicht ganz so dick, und er war nicht ganz so groß, aber ich konnte schon so doll auf ihm rumturnen wie du jetzt. Jeden Tag nach der Schule kam ich hierher und vertraute ihm all meine Geheimnisse an. Hier auf diesem Stamm«, ich zeige ihr, wo genau ich mich hinlegte oder setzte.

Und auf einmal erinnere ich mich wieder. Blitzgedanken aus meiner Kindheit steigen in mir empor, und dann sehe ich sie wieder, meine kleine Freundin Mirabella....., wie sie mich kokett ansieht. Tief berührt setze ich mich auf den dicken Zweig, der mich jetzt noch mühelos tragen kann, und ein Schauer der Gefühle überkommt mich. Tränen der Freude rollen mir über mein Gesicht und ein glückliches Lächeln malt sich darin.

Irritiert und fragend schaut mich Belinda an.

»Mamma, warum bist du traurig, habe ich was Falsches gesagt?«

»Aber nein, mein Schatz, im Gegenteil, ich habe mich

gerade an etwas Wunderschönes erinnert. Weißt du Belinda, ich hatte einmal eine ganz liebe Freundin, sie hieß Mirabella und war eine kleine Fee. Ich nannte sie meistens Bella.«

»Wirklich.....? Und lebt diese Bella denn nicht mehr? Oder warum bist du so traurig?«, will meine Kleine mit einem Schmollmund wissen.

»Ich bin gar nicht traurig«, antworte ich ihr, »ich bin gerade unendlich glücklich, weil ich mich wieder erinnern kann.«

»Du bist komisch, du weinst, weil du glücklich bist? Und wo ist denn nun diese Fee?«, drängt sie auf eine Antwort.

»Weißt du Bella, ich habe so viele Geschichten mit Mirabella erlebt, und wenn du willst, werde ich sie dir weitergeben«, ist mein spontaner Entschluss.

»Ooooh ja bitte, Mum«, ihre Hände vor Entzückung an ihren Mund haltend, schaut sie mich gespannt an.

Ich erzähle ihr, wie ich meine kleine Freundin, die Fee Mirabella, an dem regnerischen und traurigen Tag kennengelernt habe. Wie erschrocken ich erst war, und wie ich mich dann allmählich an ihrem Anblick erfreute. Ich schildere ihr auch, wie ich auf meinem Allerwertesten gelandet war und wie Mirabella sich im Schirm verheddert. Detailgenau beschreibe ich die ›Nebenwelt‹ mit all den darin wohnenden, fantastischen Wesen.

So verging der Nachmittag im Nu, während Belinda mit großen Augen, gespitzten Ohren und ohne mich auch nur einmal zu unterbrechen, zuhörte.

Als es langsam dämmert, beende ich die Erzählung mit

der Begründung, dass die Herren des Hauses bald zum Nachtessen kommen und sicher einen Mordshunger hätten.

»Ach bitte, Mamma, erzähl noch mehr von der Fee Mirabella, ich möchte alles wissen! Wart ihr auch im Land daneben?«

Ich muss lachen und bejahe die Frage.

Nun dränge ich sie Richtung Haus, aber nicht bevor ich ihr das Versprechen gegeben habe, ihr morgen die Geschichte weiter zu erzählen.

An diesem Abend will Belinda schon vor dem Nachtessen schlafen gehen, damit der Morgen so schnell wie möglich hereinbricht. Ich selber habe schon eine riesige Vorfreude ihr haarklein und detailliert von den vielen Erlebnissen mit Mirabella zu erzählen.

Wie Schuppen fiel es mir heute Nachmittag von den Augen, und auf einmal waren die ganzen Erlebnisse mit der ›Nebenwelt‹ wieder da. Durch den grausamen Verlust meiner Eltern habe ich alle Erinnerungen an meine kleine Fee verdrängt; ja, ich habe sie regelrecht aus meinem Gedächtnis gestrichen.

Ich wollte und konnte nicht begreifen, wie fürchterlich die Welt sein kann. Wobei Bella mir immer versichert hatte, dass alles so ist, wie es sein soll, und es so auch gut sei. Was soll denn daran bitte schön gut sein, dass man einem Mädchen auf so schreckliche Weise die Mutter nimmt und danach auch noch den Vater! Das machte für mich überhaupt keinen Sinn.

So entschloss ich mich, mit Groll, Trauer und Unverständnis, die Welt der Feen, Kobolde und all die darin wohnenden Wesen inklusive Mirabella, aus meiner Erinnerung zu streichen.

Allerdings habe ich die Rechnung nicht mit meiner kleinen Bella gemacht. Durch sie kommt nun alles wieder hoch, aber auf eine liebevolle und freudige Art.

»Du schaust so glücklich aus, Melissa«, sagt Jeff mit bewundernden Augen.

Ist ja auch kein Wunder, ich habe soeben wieder meine Kindheit entdeckt – doch das verrate ich ihm nicht. Ein Kuss auf seine Nase muss reichen.

*N*a, damit habe ich aber wirklich nicht gerechnet. Durch mein Versprechen am Vortag, will Belinda einfach nicht in den Kindergarten.

»Aber Mamma, du hast mir versprochen von Bella der Fee zu erzählen!« Mit verstörten Augen und einem Schmollmund steht sie vor mir und lässt sich nicht anziehen.

»Kleines, ich habe es dir versprochen, doch müssen wir warten bis Mirabella auch Zeit hat für uns, und das ist erst heute Nachmittag«, mit Betonung auf Nachmittag, »bis dahin musst du Verständnis zeigen, im Kindergarten warten ja auch Geschichten auf dich.« Versuche ich sie, mit ein bisschen schummeln, zu beruhigen. Fragend sieht sie mich an:

»Mamma, Mirabella hat gesagt, dass sie immer da ist, hast du mir gestern erzählt.« Von wem, um Himmels willen hat meine Tochter diese Schlauheit.

»Schau, mein Kleines, die erste Lektion von Mirabella ist, dass zuerst die Pflicht kommt, bevor man sich entspannt dem Genüsslichen im Leben hingeben soll. Am späteren

Nachmittag dann, machen wir zwei es uns auf dem Mutsch so richtig gemütlich. Ok?«, versuche ich sie wiederum zu beruhigen und ihren Scharfsinn zu umgehen.

»Ok, aber dann machst du keine Mehrstunden heute!« Lachend bestätige ich ihr, dass ich keine Überstunden machen werde, und endlich kann jeder seinen Pflichten nachgehen.

Seit meine Kleinen eingeschult sind, arbeite ich wieder halbtags bei der Bank. Ich war froh, als ich die Stelle nach neun Jahren erneut aufnehmen konnte. Es gibt mir den Ausgleich zum Familienleben, und mittlerweile hat sich auch alles ganz gut eingespielt. Jeff hat einen Fulltimejob bei einem Werbeunternehmen, und leitet dort die Abteilung der Schriftsetzung.

Ich erinnere mich wieder an den Tag, als wir uns am Badesee kennenlernten. Ich war mit meinen Freundinnen dort zum Open-Air-Kino verabredet.

Gemächlich lief ich der Bar entlang, als mir ein smarter, junger Mann geradewegs in die Arme lief, nachdem er sich schwungvoll von der Bartheke weggedreht hatte. Er konnte seine Arme gerade noch auseinanderreißen. Nicht auszudenken was geschehen wäre, wenn er die Getränke, die er in beiden Händen hielt, über mich geschüttet hätte. Stattdessen bekleckerte er, rechts und links von uns, die da stehenden Leute. Na ja, Freude herrschte in dem Moment, im Umkreis von zwei Metern, überhaupt nicht. Doch der junge Mann blieb einfach stehen, ließ die Tiraden, der durch seine Drinks nassgespritzten Jugendlichen, eindruckslos über sich ergehen. Er starrte mich einfach nur an und blieb absolut regungslos.

»Könntest du dich bitte von mir lösen?«, fragte ich ihn mit einem Lächeln, als der erste Schreck vorüber war.

»Ja, ja ja klar«, stotterte er und machte mir Platz.

In dem Moment fand ich ihn einfach nur süß, und verliebte mich Hals über Kopf in den attraktiven, jungen Mann. Wenn es Liebe auf den ersten Blick gibt, dann war das eben passiert. Es brauchte nur diesen einen kurzen AugenBlick, und tausende von Schmetterlingen flogen in meinem Bauch um die Wette.

Verlegen gesellten wir uns, jeder zu seiner Truppe, zurück. Jana klärte mich dann unverhohlen über Jeffs Bekanntheitsgrad auf, Jeff der Berühmt–Berüchtigte! Eine Freundin reichte meistens nicht, also Finger weg, waren ihre Ermahnungen. Tja, ich glaube, da war es schon zu spät.

Jeff ließ mich nicht mehr aus den Augen, sie verfolgten mich den ganzen Abend. Ich gestehe, mein Blick war auch die ganze Zeit, heimlich, auf ihn gerichtet – nicht ohne rot zu werden, wenn er mich dabei ertappte!

Von da an trafen sich unsere Wege »zufälligerweise« immer wieder. Diese Zufälle waren, zugegeben, sorgfältig von mir geplant. So nach dem Motto; wie angle ich mir einen Mädchenschwarm.

Da ich noch keinen Führerschein besaß, wartete ich am Abend nach der Arbeit am Straßenrand, bis mich jemand, den ich kannte, mitfahren ließ.

Mittlerweile hatte ich auch herausgefunden, dass Jeff

ebenfalls jeden Abend diese Strecke fuhr, und nur drei Dörfer weiter wohnte. Er war drei Jahre älter als ich und besaß den heißersehnten Führerschein.

Um diesem Typen ein bisschen näher zu kommen, stellte ich mich jeden Abend, wie bis anhin, an den Straßenrand und wartete. Hielt jemand an, den ich kannte, wimmelte ich diesen ab, mit der Begründung, ich hätte bereits ein Taxi für heute Abend. Das machte ich so oft, bis Jeff des Weges kam. Beim ersten Mal war ich sowas von nervös, da ich ja nicht wusste, ob er anhalten würde, und ob er sich überhaupt noch an mich erinnerte.

Und er tat es. Ich musste mich so zusammenreißen um nicht gleich in Ohnmacht zu fallen und so kühl wie nur möglich rüber zu kommen. Er hatte es tatsächlich geschluckt und mich nach Hause gefahren. Dieses Spiel wiederholte ich jeden Tag, und immer wieder klappte es. Doch blieb ich weiterhin die Unnahbare. Ich verklickerte ihm sogar, dass ich mit ihm nie etwas anfangen könnte. Auf seine Frage warum denn nicht, gestand ich ihm, dass er mir zu machohaft sei und nur jede Frau rumkriegen will. Das hatte gesessen. Von da an wurde ich langsam interessant für ihn – hatte er mir zumindest nach Jahren mal gestanden.

Als ich ihn, meiner Meinung nach, lange genug zappeln gelassen habe, zog ich die Leine behutsam ein und ließ dann durchsickern, dass ich von ihm doch nicht mehr so abgeneigt sei. Und da begann unsere Liebesgeschichte offiziell, woraus, zehn Jahre später, Tim und Belinda entstanden.

*A*ls ich von der Arbeit komme, turnt Belinda bereits auf unserem Mutsch herum. Ich schaue ihr durch die geschlossene Verandatür zu. Es kommt mir vor, als würde sie was suchen. Wahrscheinlich die kleine Fee. Ich freue mich schon darauf, ihr die Geschichten zu erzählen, weiß nur noch nicht, mit welcher ich beginnen soll.

»Tim, bist du schon da?«, rufe ich zur oberen Etage.

Keine Antwort. Ich gehe mal rauf, um nach zu sehen. Da liegt mein Strubbelkopf Tim auf seinem Bett, hört über die Kopfhörer Musik und starrt gespannt auf das Display seines Handys. Ich lasse ihn und gehe wieder runter in die Küche. Tim wie Belinda haben meinen braunen Lockenkopf geerbt, im Gegenzug haben beide die grünen Augen von Jeff bekommen. Man sieht ihnen wirklich an, dass sie Geschwister sind.

Während Belinda draußen herumturnt und Tim Musik hört, bereite ich das Mittagessen vor. Wir haben den Luxus, dass die ganze Familie mittags wie abends zusammen am Tisch sitzt.

Während ich das Essen zubereite, holen mich Erinnerungen aus meiner Kinderzeit ein. Erinnerungen mit meiner Freundin Bella.

Noch immer weiß ich nicht, mit welcher Geschichte ich beginnen soll.

»Essen ist fertig!«, rufe ich durch das Haus. Währenddessen ist auch Jeff eingetrudelt. Erst ein Kuss für die Mamma, dann einen Wuschelgruss durch das Haar von Tim, was er abgöttisch hasst, und dann einen kleinen Stupser auf die Nase von Belinda. So sieht die Begrüßungszeremonie von Jeff aus.

Spaghetti mit Tomaten und grüner Salat lässt heute den Gaumen aller erfreuen.

»Mamma, gehen wir gleich nach dem Essen zum Baum?«, fragend schaut mich mein kleiner Sonnenschein an.

»Erst kommt der Abwasch und dann werden wir es uns draußen gemütlich machen«, kontere ich ihr.

»Was habt ihr denn für einen Termin da draußen?«, fragt nun Jeff nach.

»Frauenkram«, kommentiert Tim und will schon wieder an sein Handy.

»Nein, junger Mann, jetzt lässt du deinen Freund schön liegen!«, weise ich meinem Sohn zurecht. Mürrisch widmet er sich wieder seinen Spaghettis.

Freiwillig und ohne zu murren, räumt Belinda nach der Mahlzeit alle Teller ab. Nun komme ich nicht mehr drumherum mit ihr in den Garten zu gehen. Vorfreude herrscht.....

Genüsslich schaue ich ihr zu, wie sie sich auf den, von mir früher so geliebten Ast setzt und genau wie ich, sich niederlegt, die Beine anwinkelt und das eine Bein über das andere schlägt.

»Und, wo soll ich es mir jetzt gemütlich machen?«, frage ich sie. »Jetzt hast du meinen Platz eingenommen, und ich kann mich kaum auf dich setzen!«, lache ich, und Belinda schaut mich erschrocken an.

»Oh, Mum, ich wollte dir den Platz nicht wegnehmen!«

»Der Baum ist ja so groß, da finde ich bestimmt ein anderes Plätzchen.« Versöhnlich schaue ich mich um. »Schau, den da, der könnte passen«, zeige ich auf einen ähnlich dicken Ast und setze mich auf diesem nieder. Ich versuche, es ihr gleich zu tun. Aber ehrlich, es ist sowas von unbequem, ich kann mich überhaupt nicht entspannen und rutsche nur hin und her.

»Mamma, hast du es endlich oder muss ich dir eine Decke holen?« Sie neigt ihren Kopf zur rechten Seite und schaut mich altklug an.

»Gut, ich gebe es auf, Bella, ich werde mich ganz einfach auf den Liegestuhl setzen, und dir von da aus die Geschichten erzählen.«

Im Versuch, schwungvoll vom Ast zu springen, bleibt doch glatt mein Kleid hängen, und zerreißt.

»Ach nein, das schöne Stück! Das ist jetzt nicht gerade das, was ich wollte«, und stoße noch ein Fluchwort hinterher.

Erschrocken hält Belinda sich die Hand vor den Mund, und ihre Augen scheinen geradewegs herauszuspringen.

Das Bild sieht so köstlich aus, und das Ärgernis verwandelt sich in ein Lachen.

»Alles gut Belinda, ist ja nur ein Kleid, das kann ich wieder flicken. Ich gehe mich erst einmal umziehen, denn mit einem zerrissenen Kleid fühle ich mich nun doch nicht gerade sehr wohl!«, erkläre ich meiner Bella und laufe zurück ins Haus.

In Jogginghosen und T-Shirt, unter dem Arm einen Liegestuhl und in der anderen zwei Wasserflaschen, komme ich nach kurzer Zeit wieder zu unserem Treffen. Bella hilft mir den Stuhl aufzuklappen und ist auch bedacht, dass es mir wirklich bequem ist, nachdem ich mich daraufgelegt habe.

Ich lasse meine Gedanken in die Ferne schweifen, die Ferne, die ja so nah ist. Dutzende Geschichten fliegen durch meinen Kopf, Geschichten die ich mit meiner Freundin, und irgendwie auch Weggefährtin erlebt und geteilt habe. Meine kleine Fee Bella.

»Ja, meine kleine Bella, jetzt weiß ich auch, warum ich dich so nennen wollte, denn es war mein ausdrücklicher Wunsch, dass du Belinda heißen sollst, solltest du ein Mädchen werden«, erinnere ich mich, obwohl mir das damals gar nicht bewusst war.

»Warum wolltest du das so dringend, und wollte Papa denn auch eine Belinda?«, fragt sie mich mit großen Augen.

»Ja, Papa war auch der Meinung, dass dieser Name passend ist, obwohl wir ja zu dem Zeitpunkt noch gar nicht wussten, ob es ein Bub oder ein Mädchen geben würde. Dabei war es noch nicht einmal der Name Belinda, sondern viel mehr dein Kosename, Bella. Weißt du noch, wie meine kleine Freundin hieß?«

»Mirabella, wie Bella.« Mit einem strahlenden Smileymund richtet sich Bella mit Begeisterung auf und klatscht vor Freude in die Hände.

Ich kann nicht anders, ich muss meinen Sonnenschein in die Arme nehmen und springe auf, um sie fest zu drücken.

Ein kurzer Gedanke schießt mir blitzartig durch den Kopf. Mein Vater. Ein wohliger Schauer breitet sich in mir aus und löst das lange Hadern um dessen Liebe, urplötzlich auf. Ich verzeihe ihm und spüre einen tiefen Frieden in meinem Herzen, in diesem kurzen AugenBlick.

Dad, Mum, ich habe euch lieb, und ich weiß ihr seid da oben und schaut uns jetzt zu.

»Muuuuum, du tust mir weh, hör auf, mich so zu drücken!«

»Oh, entschuldige Kleines, das war nicht mit Absicht, ich bin einfach nur so glücklich dich zu haben.« Beschämt lasse ich Belinda los. Ich habe gar nicht gemerkt, wie fest ich sie an mich gedrückt habe vor lauter Glückseligkeit.

»Ist schon gut, aber wenn Glück so fest drückt, dann bin ich lieber traurig«, schmunzelt Bella mich an, mit dem Versuch ein bitterböses Gesicht zu zeigen.

Und ich muss einfach zurück schmunzeln, altklug wie sie ist.

»Na komm Bella, setz dich wieder hin, jetzt geht es los.«

»Au fein, ich bin soooo gespannt auf Bella. Du, Mum, darf Bella auch meine Freundin sein?«

Wie kann ich da nein sagen, wenn sie mich um etwas

bittet und dabei ihren Schmollmund hervorspitzt, die Schultern hochzieht und ihren Wimpernschlag gekonnt einsetzt.

»Aber klar doch, meine Freunde sind auch deine Freunde, und von denen hatte ich in der Nebenwelt jede Menge. Nach und nach wirst du sie alle kennenlernen.«

*A*ls Mirabella mich das erste Mal in die Nebenwelt mitnahm, durfte ich erfahren, dass es viel mehr gab als nur unsere kleine Welt hier, die wir im Moment wahrnehmen. Ich musste die Augen schließen, und schon befanden wir uns in einer von Licht und Farben getränkten Welt, voller wunderbaren Wesen, die wir hier nur aus Märchenbüchern kennen. Ich erzähle Belinda von der ersten Reise mit Mirabella, die nur einen AugenBlick von uns entfernt ist. Vom Wasserfall und den Bäumen, die alle Gesichter hatten, wie auch die Blumen. Alles schien zu leben. Es war wunderschön, wie wir so durch das Land schwebten und überall hinkamen, es gab überhaupt keine Grenzen.

৪০০৪

Ich konnte mich in der Schule kaum konzentrieren und fieberte immerzu dem Treffen mit Mirabella entgegen. Die Lehrerin musste mich unentwegt aus meinen Tagträumen holen. Ich, und wahrscheinlich auch die Lehrerin, waren froh, als ich dann endlich nach Hause entlassen wurde.

Es war das erste Mal, dass ich die Schultasche im Flur stehen ließ und geradewegs in den Garten sprintete. Normalerweise erledigte ich immer erst die Hausaufgaben und ging danach spielen, doch heute....., da gab es etwas viel Wichtigeres. Dass ich am Abend dafür eine Portion Schimpfe von meiner Mutter erhalten würde, nahm ich bewusst in Kauf. Nichtsdestotrotz war mir dieses Treffen mit Mirabella wichtiger.

Sie sass bereits auf einem feinen Zweig, ließ die Beinchen baumeln und wiegte wie auf einer Schaukel hin und her.

»Na, wie war es denn in der Schule?«, wollte sie von mir wissen.

Meine herabhängenden Mundwinkel verrieten alles. Bella schaute mich provozierend an und meinte, ich sei ja soo eine Arme. Beleidigt hielt ich ihr die Zunge raus, worauf Bella mit ihrem Stäbchen auf sie tippte und irgendetwas faselte. Sogleich wusste ich, es war ein Zauberspruch, denn mein Ausläufer ließ sich nicht mehr reinfahren.

Ich stand da mit heraushängender Zunge und brachte nur unverständliche Laute raus. Mirabella flatterte vor mir, die Händchen in ihre Taille gestützt, mit schräggestelltem Kopf und wippendem Fuß.

»Ich mag es nicht so, wenn man mir die Zunge herausstreckt«, meinte Bella. »Wenn du dich bei mir entschuldigst, erlöse ich dich von dem Zauber.«

∞∞∞

»Versuch das mal, mit ausgestreckter Zunge eine Entschuldigung zu sprechen«, wende ich mich, die Zunge heraushängend, meiner Tochter zu und sie befolgt meiner Anweisung umgehend. Sie streckt die Zunge weit raus und spricht das Zauberwort; Entschuldigung.

Na ja, es hört sich eher nach Kauderwelsch an, so lustig, dass wir beide lachen müssen.

»Genau so war es damals bei Mirabella und mir gewesen«, erzähle ich Belinda weiter.

ଗଡ

»Entschuldigung angenommen, ich erlöse dich jetzt von deinem Zauber«, sprach die Fee, schwang den Stab und tippte wiederum auf meine Zunge.

War ich erleichtert, als die wieder dort war, wo sie hingehörte, und schwor mir, sie in Zukunft dort zu lassen.

Auch wenn ich total gespannt war, was uns die heutige Reise bringen würde, so ließ mich der Gedanke an meine Schulfreundin, deren Mum mittlerweile gestorben war, nicht los.

ଗଡ

»Weißt du noch, Belinda, wie ich dir erzählte, als ich die Fee das erste Mal gesehen hatte, wie traurig ich da war? Ich hatte in der Schule erfahren, dass die Mum meiner Schulfreundin sterbenskrank war. Durch den Anblick von Mirabella konnte ich jedoch die Traurigkeit für einen Augen-Blick vergessen.«

»Ja«, kommt es ein wenig zögerlich, schon fast traurig über ihre Lippen. Und so setze ich die Geschichte fort:

ॐ

Ich erzählte meiner Fee die Geschichte und wir wurden beide nachdenklich. Was würde aus mir, wenn meine Mum auf einmal aus dem Leben gerissen würde?

»Hey Melissa«, liebevoll strich mir Mirabella über die Wange, »komm, wir machen eine kleine Reise. Schließ deine Augen.«

Ich tat wie geheißen und schwups waren wir wieder drüben. Doch dieses Mal konnte ich mich nicht so richtig der Schönheit dieser Welt erfreuen. Das letzte Mal war ich so überwältigt, dass ich die Sorgen um meine Schulfreundin glatt vergessen hatte. Aber heute, da ist die Sicht für das Schöne getrübt. Bedenkenlos führte mich Bella in ihre Welt, geradewegs auf ein Ziel los.

Angekommen, befanden wir uns in einem verwachsenen Wald. Grünschimmerndes Moos bedeckte fast vollständig den Boden und überall lagen riesige Steine, worauf zum Teil prachtvolle Bäume wuchsen, deren Wurzeln sich wie Finger um sie schmiegten. Das Moos sah wie ein wolliger, kuschliger Teppich aus.

Märchenhafte Wesen wie Zwerge, Gnomen, Elfen und viele mehr, tanzten und schwirrten herum, oder gingen ihrer Arbeit nach. Jeder hatte seine Aufgabe – so schien es – und keiner nahm Notiz von mir.

»Was machen wir hier?«, fragte ich Bella.

»Warte ab, gleich werden wir meinen Freund Petrix, den Maulwurf treffen.«

»Einen Maulwurf?«, fragte ich erstaunt.

»Ja, einen Maulwurf.« Weiter sagte sie nichts.

Also warteten wir, bis sich dann plötzlich die Erde direkt vor unseren Füssen erhob, und aus diesem Häufchen ein Maulwurf sein Kopf zu uns emporhob. Er war so, wie wir ihn in unserer Welt kennen, nur ein bisschen größer, und er konnte sprechen. Zumindest verstand ich, was er sagte. Er begrüßte Mirabella wie eine alte Freundin und wollte wissen, wer ich denn sei. Mirabella stellte mich ihm vor. Sie erzählte ihm von meinem Kummer und bat um einen Rat. Nach einem kurzen Moment der Überlegung, sprach er zu mir:

»Liebe Melissa, auch wenn du jetzt traurig bist, so wisse, dass die Mamma deiner Freundin nun in unsere Welt eingetreten ist. Sie ist noch immer da, nur könnt ihr sie nicht mehr sehen. Ihre Zeit auf Erden als Mensch ist zu Ende gegangen, weil sie es vor langer Zeit so geplant hatte. In einer Zeit bevor sie als Baby geboren wurde.

Das ist für dich schwierig zu verstehen, da du auch noch Mensch aus Fleisch und Blut bist. Die Mamma deiner Freundin hat ihre Hülle nun abgestreift und schwebt, so wie es du nun eben auch tust, in der Nebenwelt. Sie kann dich, wie auch ihre Tochter, noch immer sehen, nur kann sie sich bei euch nicht bemerkbar machen. Das heißt, ihr seid nicht in der Lage sie wahrzunehmen.«

»Aber wenn ich doch nun auch in dieser Welt bin wie die Mutter meiner Freundin, warum kann ich sie denn nicht sehen?«, wollte ich von Petrix erfahren.

»Wisse, dass gewisse Wesen dir auch hier noch verborgen bleiben. Du bist noch neu hier und der Schleier wird sich nur allmählich lichten. Stell Dir mal vor, du würdest die Mutter deiner Freundin jetzt und hier sehen, obwohl du genau weißt, dass sie nicht mehr in eurer Welt lebt. Was würde passieren?«

»Ich würde mich zu Tode erschrecken, einen Geist zu sehen, das wäre ja dann ein Geist, oder?«

»Genau, oder ein Lichtwesen, wie wir die Seelen auch nennen. Nun begreifst du auch, warum du nicht alles sehen kannst.«

»Ja, das ist mir nun klar, aber wie kann ich das denn nun verstehen! Meine Freundin hat doch jetzt keine Mum mehr und das ist doch nicht gerecht. Warum holt Gott nicht die alten Leute, die, die doch auch gehen wollen? Warum muss eine Mum sterben, das macht doch gar keinen Sinn?«

»Es ist nicht leicht, zu verstehen, sieh es mal so; jeder von euch auf Erden hat eine gewisse oder auch mehrere Aufgaben zu erledigen. Aufgaben die ihr euch schon vor der Niederkunft gestellt und auch ausgesucht habt.

Es gibt Erfahrungen, die man nur als Mensch machen kann. Mensch kann man aber nur eine gewisse Zeit sein und dann wechselt man wieder zurück in die Nebenwelt, wie du so schön sagst. Es ist alles hier und vorhanden, ihr Menschen könnt nur nicht alles wahrnehmen.

Sei gewiss, dass deine liebe Schulfreundin ihren Weg gehen wird. Nach einer Zeit der Trauer und des Abschiednehmens, wird sie wieder Fuß fassen und auch glücklich sein. Liebe Melissa, ich werde dir gerne mehr erzählen, doch nun muss ich mich wieder meiner Arbeit widmen.« Und schon verschwand Petrix wieder flink unter der Erde. Sprachlos schaute ich zu Mirabella rüber, die hob nur die Schultern und forderte mich auf zu gehen.

Ich war perplex, wusste nicht wirklich, was da eben geschehen war. Doch war ich seltsamerweise beruhigt, zu wissen, dass es diese Mum ja doch noch gab, nur eben nicht als Mensch. War sie denn nicht traurig, nicht mehr mit ihrer Tochter spielen zu können? Sie kann ihr Kind ja immer sehen, nur umgekehrt nicht. Es ist ihr nicht einmal möglich, ihre Tochter zu trösten, wenn sie traurig ist.

»Mach dir keinen Kopf Melissa, auch die Trauer gehört zum Leben. Wenn du als Mensch geboren wirst, wirst du zwangsläufig diese Erfahrung früher oder später machen müssen. Kannst du dich noch an deinen Großvater erinnern?«, wollte Bella von mir wissen.

»Ja, aber nur ganz vage, ich war noch ganz klein, als er starb, warum?«, fragte ich zurück.

»Weil du da auch traurig warst, die Trauer aber mit der Zeit überwunden hast, und wieder das fröhliche Mädchen wurdest«, antwortete sie mir.

»Dann stirbt man gar nicht wirklich, wenn man stirbt?«

»Den Körper lasst ihr zurück, doch das was übrig bleibt oder was weiter lebt, ist deine Seele.«

»Ist man dann ein Engel?«, wollte ich wissen.

»So könnte man es auch nennen, wobei Engel wieder zu einer anderen Geschichte gehören«, schlussfolgerte Bella.

Ich gab mich mit dieser Antwort zufrieden, als ich plötzlich die Stimme meiner Mutter wahrnahm.

»Melissa Bergstein, schläfst du da draußen, oder träumst du wieder Löcher in die Luft? Komm bitte sofort auf die Matte!«, rief sie mich energischer zur Besinnung.

Au Mist, die Hausaufgaben. Ich verabschiedete mich von meiner Fee und düste schnell ins Haus.

»Melissa«, mit erhobenem Finger schimpfte sie, da sie genau wusste, dass die Schulaufgaben unangetastet in meiner Schultasche lagen.

»Wir hatten doch eine Vereinbarung«, mahnte sie mich nochmal. Gerade heute musste sie früher nach Hause kommen!

Schnell packte ich meine Tasche und lief rauf in mein Zimmer. Nur mühsam konnte ich mich an diesem Abend auf die Schulaufgaben konzentrieren, immer wieder schweifte ich ab und versuchte die Worte von Petrix zu verstehen.

ෂ❁ᏸ

»Oh, das ist aber eine traurige Geschichte, Mum. Warst du denn auch so traurig, als deine Mum starb?«, fragt Belinda mit einem kleinen Wimmern in der Stimme.

Jetzt erst fällt mir auf, dass mein Mädchen Tränen in den Augen hat. Die Geschichte hat sie mitgenommen und nachdenklich gemacht. Liebevoll nehme ich sie in die Arme und erkläre ihr, dass Trauer, wie es Petrix schon erwähnt hatte, zu unserem Leben dazugehört. Und ja, ich war traurig, als meine Mum starb, so traurig, dass ich meine kleine Freundin Mirabella einfach nur vergessen wollte. Ich konnte ihr nicht mehr glauben und verlor das Vertrauen in die Nebenwelt. Ich vergaß sogar all die fantastischen Geschichten, die wir zusammen erlebt hatten.

Aber wie man sehen kann, bin ich doch wieder glücklich geworden, habe eine großartige Familie und tief in meinem Herzen leben meine Mum und mein Dad weiter. Auch wenn ich am Anfang das Gefühl hatte, von ihnen verlassen worden zu sein. So lernte ich, zu verstehen, dass das Leben nicht immer nur auf Rosen gebettet ist. Dad hätte vielleicht was ändern können; er war aber mit dieser Situation überfordert, hat sich einen anderen Weg gesucht, und das ist ok so.

Bella hat sich wieder beruhigt und sagt leise in mein Ohr: »Mum, irgendwie ist es doch eine schöne Geschichte, wenn ich weiß, dass du doch weiter lebst, auch wenn du mal gehst, dann ist es nicht so schlimm. Ich werde dann ganz sicher Mirabella um Hilfe bitten.« Das ist wieder meine Kleine, aus allem das Beste zu machen.

»Guten Morgen Bella, aufstehen! Guten Morgen Tim, Zeit, aus dem Bett zu kommen«, wecke ich meine Rasselbande.

Tim knurrt und dreht sich nochmals auf die andere Seite, während Belinda sich die Augen reibt und ihre Arme und Beine von sich streckt. Ein lautes Gähnen und schon steht die Jüngste auf und zieht sich an. Während man Tim mit einem Bagger aus dem Bett schaufeln muss.

Heute wird ein strenger Tag. Mehrere Meetings sind in der Bank angesagt und Bella muss am Nachmittag zum Tanzunterricht gefahren werden. Tim kann am späteren Nachmittag den Bus bis zum Fußballplatz nehmen und Jeff holt ihn dann vom Training ab. Soweit so gut.

In der Zeit wo ich Mutterschaftsurlaub genommen habe, hat sich in der Bank einiges getan. Früher war man ein Team – dabei ist es ja nicht einmal so lange her, gerade mal neun Jahre – und doch hat sich alles so frappant verändert. Von Teamwork ist überhaupt nicht mehr die Rede, im Gegenteil, jeder versucht, dem anderen den Job streitig zu machen. Vertrauen unter Mitarbeitern ist heute ein Fremd-wort.

Ich habe echt Schwierigkeiten, mich da wieder einzuleben, hoffe aber, dass ich diesen Wandel bewältigen kann. Mein Glück ist es, dass ich von allem Bescheid weiß, und nicht wie die meisten jüngeren Mitarbeiter, die nur auf einen spezifischen Bereich geschult werden. Der ist meistens so konzipiert, dass diejenigen nur bescheiden Auskunft geben können, und meistens an andere weiter verweisen müssen. Brauche ich eine Auskunft, so geht es über mehrere Stellen in der Bank bis ich an mein Ziel komme, für eine zum Teil einfache Frage. Unheimlich kompliziert und voller Misstrauen.

Ja, die gute alte Zeit, auch wenn wir viel zu tun hatten. So waren wir am Abend höchstens müde, aber nie von Stress und Ängsten geplagt, das Pensum nicht bewältigen zu können. Heute muss ein jeder abliefern, bereitstehen, über seine eigenen Grenzen springen und zum Teil Unmögliches leisten. Da hat es für Emotionen und Freundschaften keinen Platz. Für viele liegt nicht einmal eine Mittagspause drin. Im besten Fall reicht es für ein Sandwich am Arbeitsplatz.

Kein Wunder werden immer mehr Menschen von dieser neuartigen Krankheit »Burnout« heimgesucht. Was ja nichts anderes als ein Nervenzusammenbruch ist. Oder? Wird jedoch als Wort Burnout eher anerkannt und manchmal kommt es mir fast so vor, als würden sich die einen sogar damit brüsten. Aber kein Wunder in dieser hektischen Zeit. Burnout, eine Art, sich aus dem aktiven Leben zu ziehen, wird schon fast modern. Immer mehr Leute kommen mit diesem Leben hier nicht mehr zurecht.

Einen Tag lang alle Handys wegschließen, was würde passieren? In den ersten Tagen wäre das Chaos perfekt, und dann – wenn es lange genug dauert – dann würde allmählich wieder Ruhe einkehren, und wetten, die wenigsten würden ihre Smartphones zurückwollen?!

Na ja, ich werde mir Mühe geben und mich allmählich an die Umstellung gewöhnen müssen. An mein Handy habe ich mich ja auch gewöhnt, muss ich mich selbst tadeln.

Wehmütig denke ich an die Zeit zurück, wo wir noch ein Team waren und miteinander das Pensum bewältigten. Da hat es Jeff doch leichter, der wächst an seinem Arbeitsplatz stetig mit.

Kein Wunder gehen mir solche Gedanken durch den Kopf, nachdem ich heute Morgen schon drei Besprechungen und mehrere Kundenkontakte hinter mir habe.

Meine Kaffeepause ist zu Ende, wenn man das eine Pause nennen kann. Der Kaffee wird am Arbeitsplatz eingenommen, wenn überhaupt, und nicht mehr im Pausenraum, wo man mal kurz abschalten konnte und ein paar nette Worte mit der Kollegin wechseln durfte, ohne schief angesehen zu werden.

Ein kleiner Lichtblick in unserer Abteilung ist unsere Julia, Julia Hofmanns. Sie ist das Mädchen für alles und alle. Ein Luxus, der nur unserer, und der IT-Abteilung gegönnt wird. Warum, wissen wir nicht einmal. Wahrscheinlich so eine Testphase, um zu sehen, ob sich der Stressfaktor verringern wird. Was meiner Meinung nach sehr gut funktioniert.

Egal, der Kaffee wird auf Wunsch gebracht und wenn mal Postbotendienste anfallen, so ist Julia immer zur Stelle. Sie taucht immer im richtigen Moment auf - ein liebenswürdiges Geschöpf. Als ich sie mal nach ihrer Herkunft fragte und warum sie diesen Job habe, wo sie ja kaum was verdiene, antwortete sie nur knapp:

»Ich bin in einem Heim aufgewachsen und hatte keine Möglichkeit eine Lehre oder ein Studium zu absolvieren. Also nehme ich jeden Job an, den ich bekomme. Und dieser hat wenigstens begrenzte Arbeitszeiten«, lächelt sie genügsam.

Familie habe sie keine und auch keinen Freund. Somit war das geklärt, und weiter, spüre ich, möchte sie keine Auskunft geben. Was ich respektiere.

»Frau Bergstein«, tönt es durch die Freisprechanlage. Mein Vorgesetzter bittet mich in sein Büro.

»Schließen Sie bitte die Tür hinter sich.« Er wartet bis ich vor seinem Pult stehen bleibe. »Vor einiger Zeit sind Mails in den Umlauf gekommen, die Bosheiten, Verdächtigungen und Unterstellungen gemeinster Intrigen über einige Mitarbeiter enthalten. Können Sie mir etwas darüber sagen?« Verdächtigt er etwa mich? Misstrauisch halte ich seinem Blick stand.

»Ich weiß jetzt gerade nicht, was hier vor sich geht«, antworte ich. »Ich habe nichts davon gehört, und selber auch keine Mails erhalten. Daher kann ich Ihnen nichts dazu sagen.« Sein forschender Blick entgeht mir nicht. »Ich habe damit ganz bestimmt nichts zu tun. Falls Sie darauf anspielen.«

»Die Mails wurden von Ihrem Rechner aus verschickt.«

Jetzt muss ich aber schlucken, entsetzt, schockiert und mit weit geöffnetem Mund, bekomme ich kein Wort heraus. Mir bleibt regelrecht der Atem weg. Ich muss mich hinsetzen, ob mit oder ohne Erlaubnis. Herr Scheumann erkennt schnell, dass ich mein Entsetzen nicht nur vortäusche. Er holt mir ein Glas Wasser, das ich dankend annehme.

»Sie verstehen, dass ich der Sache nachgehen muss. Das sind zum Teil Verleumdungen schlimmster Art. Ich kann mir auch kaum vorstellen, dass Sie diese Mails geschrieben haben. Aber haben Sie vielleicht eine Ahnung, wie diese Mails von Ihrem Computer aus versendet wurden?«

In seinem Gesicht lese ich Besorgnis, kann aber erkennen, dass er mir glaubt.

»Ich weiß nicht, wie es dazu kommen konnte. Außer mir kennt niemand mein Passwort. Es tut mir leid, ich werde das Passwort sofort abändern. Zutritt zu meinem Büro hat fast jeder. Also könnte es grundsätzlich auch jeder gewesen sein. Derjenige hätte aber mein Passwort knacken müssen. Ob das nur von meinem Rechner aus geht, oder ob es vielleicht sogar möglich wäre, von einem anderen aus dies zu tun? Ich weiß es nicht.

Was mich jedoch viel mehr beunruhigt ist, wenn alle Mails von meinem Rechner ausgingen, so will jemand mir etwas in die Schuhe schieben – sprich, ich habe einen Feind, wenn man es so nennen will – in dieser Firma. Mir ist nur absolut nicht klar, wer das denn sein könnte.« Mir stellen sich die Nackenhaare auf, und ein Kälteschauer durchströmt meinen Körper.

»Wenn jemand mir böse gesinnt ist, was ist er dann noch in der Lage zu tun?« Mir wurde speiübel.

»Nehmen Sie sich den Rest des Tages frei, Frau Bergstein. Wir werden alles daran setzen, den Täter zu entlarven. Vielleicht will jemand auch nur einen Streich mit Ihnen spielen«, will er mich beruhigen.

»Das glauben Sie jetzt ja wohl selber nicht, Herr Scheumann? Einer, der zu sowas fähig ist, der handelt aus Rache oder Missgunst, und nicht um einen harmlosen Streich zu spielen. Da sind ja auch noch andere involviert, alle die, die Mails bekommen haben. Wie geht es denen?«, will ich besorgt wissen.

»Denen geht es soweit gut. Die Nachrichten wurden auch nur denjenigen zugeschickt, für die sie bestimmt waren. Niemand sonst weiß davon. Wir hoffen nun, dass dies auch so bleibt. Ist Ihnen denn irgendwas aufgefallen in der letzten Zeit?«

»Überhaupt nichts, darum bin ich jetzt auch aus allen Wolken gefallen«, erkläre ich entrüstet.

»Jedenfalls laufen die Ermittlungen jetzt!«

»Und was, wenn ich jetzt vielleicht auch noch privat verfolgt werde? Können wir da noch sicher sein, meine Kinder, mein Mann? Mir ist überhaupt nicht mehr wohl in meiner Haut.«

»Wenn es Ihr Wunsch ist, so können Sie mit unserem Sicherheitsbeauftragten sprechen, der kann Ihnen das Verhalten eines solchen Intriganten besser erklären, und Sie in dieser Sache auch unterstützen«, bietet Herr Scheumann mir an.

»Ich denke, dass das eine gute Idee ist, sonst bekomme ich kein Auge mehr zu.« Ich zittere am ganzen Körper. Ein kurzes Telefonat meines Chefs und er bestätigt mir einen Termin mit dem besagten Fachmann, in einer halben Stunde in meinem Büro. Auf Beinen, die sich anfühlen wie Gummi, begebe ich mich nach draußen, und wackle mehr, als das ich gehe, in mein Büro zurück. Erschöpft lasse ich mich in meinen Sessel fallen.

Sofort mache ich mich an die Änderung meines Passwortes.

Wer hat was gegen mich, wer will mir solche Mails in die Schuhe schieben? Einen Mitarbeiter nach dem anderen gehe ich durch.

Mitten in meinen Gedanken kommt Julia hereinspaziert und bringt mir eine Tasse Kaffee. Das ist genau das, was ich jetzt dringend brauche. Mit einem Seufzer bedanke ich mich bei ihr und gehe weiter meinen Gedanken nach.

»Ist alles in Ordnung bei Ihnen, Frau Bergstein?«, will Julia besorgt wissen.

Überrascht schaue ich sie an. Ich muss echt schlecht aussehen, dass Julia mich gleich so konfrontiert.

»Eh, nein, ich meine ja, es ist alles in Ordnung Julia, ich habe nur Kopfschmerzen.« Was ja auch stimmte.

»Kann ich was für Sie tun?«, ihre Stimme klingt besorgt.

»Nein, danke, alles gut.« Ich wende mich von ihr ab. Sie versteht gleich, macht auf dem Absatz kehrt, nimmt noch die für die Post bereit gelegten Briefe und geht ohne ein weiteres Wort zu verlieren.

Meine Gedanken kreisen wieder um den Übeltäter. Wer will mir eine reinhauen? Ich notiere mir die Namen der Mitarbeiter aus meiner Abteilung, auf ein Blatt Papier.

Peter Zbinden? Der ist für mich wie ein Bruder. Das wäre zu absurd, kann ich also schon mal ausschließen.

Maja, kann ich mir auch nicht vorstellen, mit ihren bald sechzig Jahren, hat sie nie auch nur einer Fliege etwas zu Leide getan. Außerdem kenne ich sie schon, seit ich hier bei der Bank bin. Sie war mir stets eine Stütze und sie hat so eine mütterliche Art, auch wenn die letzten Jahre sie eher nachdenklich gemacht haben, nein, unmöglich. Maja kann ich mit gutem Gewissen von der Liste streichen.

Dann Gered; Gered ist ein liebenswerter, junger Mann, er hat seinen Posten schon längere Zeit hier. Ihn habe ich erst jetzt, seit ich wieder angefangen habe zu arbeiten, kennengelernt. Er ist ein Fachmann auf seinem Gebiet, da macht niemand seinen Posten streitig. Daher braucht er keine Angst zu haben, seine Stelle an mich verlieren zu müssen. Ich könnte ihn niemals ersetzen, außerdem kommen wir gut klar miteinander. Denke ich zumindest. So sicher bin ich mir jetzt aber doch wieder nicht. Da mache ich mal ein Fragezeichen dahinter.

Und dass mein Vorgesetzter, Herr Scheumann, was damit zu tun haben könnte, ist nun wirklich weit hergeholt. Also auch durchstreichen.

Dann wäre da noch die Teilzeitkraft Sarina. Die aber hat mit sich selber mehr als genug zu tun und dass sie ein Passwort knacken kann, traue ich ihr nicht zu. Sie ist bei uns als Schreibkraft eingestellt und nicht als Computerfachfrau. Aber man kann ja nie wissen, und trotzdem, Sarina kann ich nicht in die Rolle einer Intrigantin stecken. Was hätte sie denn für einen Grund? Wir haben privat keinen Kontakt, und in der Zeit, die sie im Büro verbringt, ist sie meistens so beschäftigt, dass sie uns kaum wahrnimmt.

Und wenn es jemand aus einer anderen Abteilung ist? Oder könnte es sein, dass ich vielleicht aus Versehen in diesen Schlamassel geraten bin? Dass derjenige gar nicht mich ins Visier nehmen wollte, und durch einen Fehler, oder weiß ich was, meinen Account statt den des eigentlichen Opfers geknackt hat?

»Guten Tag Frau Bergstein«, ich drehe mich zur Tür und lege Blatt und Stift auf den Tisch. »Die Tür stand offen, darf ich rein kommen?« Begrüßt mich ein netter Herr mittleren Alters.

»Ich nehme an, Sie sind meine Rettung, der Fachmann für Intrigen und solche Sachen?«, schaue ich ihn ironisch und erleichtert an.

»Genau, Kufladen ist mein Name«, stellt er sich vor. »Ohne h«, doppelt er nach.

»Es tut mir leid, ich wollte Sie nicht auslachen.« Entschuldige ich mich bei ihm, da mir ein belustigender Laut entflohen ist.

»Ich bin es gewohnt«, seufzt er und zuckt mit den Schultern. »Herr Scheumann hat mich gebeten, mit Ihnen zu sprechen«.

»Ja«, gebe ich zur Antwort. »Nehmen Sie doch bitte

Platz. Es ist schon komisch, heute früh hatte ich noch den Gedanken, wie sich hier alles so massiv verändert hätte. Sie müssen wissen, dass ich neun Jahre nicht bei der Bank gearbeitet habe, stattdessen mein Bestes als Mutter versuchte. Und jetzt habe ich, seit meine Kleine eingeschult ist, dem Beruf nochmals eine Chance gegeben«, versuche ich ihm mit einer Lockerheit rüber zu bringen, was mir aber nur teils gelingt. Zu sehr sitzt mir der Schrecken noch im Nacken.

»Intrigen sind ja an der Tagesordnung, Misstrauen herrscht in jeder Abteilung, und von Mobbing gar nicht zu sprechen. Und nun hänge ich selbst mitten drin. Werde der Intrige beschuldigt, zumindest scheint es so. Dabei habe ich überhaupt nichts getan.« Mir fällt erst jetzt auf, dass mir das Ganze näher gegangen ist als gedacht. Ein paar Tränen rollen mir die Wangen runter. »Es ist noch nicht einmal die Angst, viel mehr bedrückt mich die Gewissheit, in den Augen der Anderen eine Intrigantin zu sein.«

»Ich verstehe Sie voll und ganz, Frau Bergstein. Nur wissen die Anderen nicht, dass die E-Mails von Ihrem PC abgeschickt wurden. Also wenigstens da können Sie beruhigt sein. Jemand hat geschickt eine fälschliche E-Mail-Adresse benutzt, damit es nicht zu auffällig wirkt, oder würden Sie, mit Ihrer eigenen Adresse, solche Mails verschicken? Wohl kaum, das wurde gut überlegt. Wir gehen davon aus, dass der Täter mit der Absicht ans Werk gegangen ist, dass man herausfindet, von wem die E-Mails kommen, und so, wie bereits geschehen, auf Sie kommt.

Als wir den Absender herausgefunden hatten, wollte

Herr Scheumann erst mit Ihnen persönlich sprechen, da er Ihnen solch eine Schandtat nicht zutrauen konnte. Zumal ich ihm auch erklärt hatte, dass jedermann, der Zugang zu Ihrem Rechner hat, diese Briefe in Umlauf hätte bringen können.

Ein Passwort zu knacken, ist heutzutage ein Kinderspiel. Können Sie sich vorstellen, wer Ihnen solch eine Tat in die Schuhe schieben will?«

»Ich bin all meine Kollegen durchgegangen. Keinem von ihnen würde ich sowas wirklich zutrauen. Ich habe auch keinen privaten Kontakt zu ihnen, also beschränkt sich alles auf die Bank. Außer natürlich Peter, Herr Zbinden, wir sind zusammen aufgewachsen. Der würde mir aber sowas nie antun. Außerdem nützt es ihm ja nichts, ich stehe ihm ja nicht im Wege, seine Karriereleiter hoch zu krabbeln. Es würde ihm eher schaden.«

Herr Kufladen muss schmunzeln. »Haben Sie Ihren Code bereits abgeändert?«, will er wissen.

»Ja, das habe ich. Aber das nützt mir ja auch nicht viel, wenn der Verbrecher das Passwort wieder knackt!«

»Stimmt«, bestätigt mir der Fachmann, »und deshalb werden wir jetzt ein Programm installieren, das erkennt, wenn sich jemand an Ihrem PC zu schaffen macht, sprich am Passwort. Sobald das Passwort mehr als zweimal falsch eingegeben wird, oder mit einem externen Apparat fungiert wird, geht die Webcam ohne Meldung an. So können wir den Täter überführen.

Es ist wichtig, dass Sie diese Kenntnis für sich behalten. Niemand, und ich sage ausdrücklich, niemand darf davon wissen.« Mahnt er mich. »Erzählen Sie auch niemandem, dass die Mails von Ihrem PC abgeschickt wurden. Also je unschuldiger Sie sich geben, desto unvorsichtiger könnte der Täter werden. Ich glaube nicht, dass dieser Mensch in der Lage ist, Ihnen wirklich etwas anzutun, sprich handgreiflich zu werden. Dieses Täterprofil zeigt eher einen, der vom Hintergrund aus agiert und sobald es ihm zu brenzlig wird, wieder die Finger davon lässt. Außerdem werde ich Ihren PC nach versteckten Trojanern oder ähnlichen Programmen durchsuchen.«

»Ich hoffe Sie haben recht, Herr Kufladen. Und ich hoffe, dass ich das so durchziehen kann«, schaue ich ihn verunsichert an.

»Frau Bergstein, wollen Sie eine Anzeige gegen unbekannt machen?«, fragt er mich.

»Was raten Sie mir denn?«, frage ich unbeholfen.

»Ich an Ihrer Stelle, würde im Moment darauf verzichten, nur um zu sehen, ob der Täter nochmals versucht, sich über Ihren Account einzuloggen. So könnten wir ihn schnappen. Bei einer Anzeige wird sich die Polizei darum kümmern, und der Täter wäre höchstwahrscheinlich gewarnt. Aber entscheiden müssen Sie selbst«, erklärt er mir.

Ich überlege kurz, und gebe ihm mein Einverständnis, vorab auf eine Anzeige zu verzichten. Sollte der Täter noch einmal zuschlagen, und man kann ihn nicht dingfest machen, werde ich zur Polizei gehen.

Herr Kufladen ist einverstanden und unterstützt meinen Entscheid. Er reicht mir seine Visitenkarte, mit der Bitte, ihn sofort anzurufen wenn was ist.

$\mathcal{D}$ie Tage vergehen wie im Fluge. Die ganze letzte Woche hatte es geregnet und Belinda wird langsam immer ungeduldiger. Meine Unsicherheit hat sich gelegt, zumal auch keine boshaften Mails mehr von meinem PC verschickt wurden und mein Rechner von Fremden unangetastet blieb. Auch sonst ist in dieser Hinsicht überhaupt nichts mehr gelaufen. Vielleicht doch nur ein dummer Streich, oder was auch immer. Begraben und vergessen.

»Mum, kann Mirabella den Wasserhahn im Himmel oben nicht zudrehen?« Ihr Kinn in ihre Hände gestützt, sitzt sie schmollend am Fenster und schaut in den Garten raus.

»Wird schon wieder«, beruhige ich sie, »die Natur braucht von Zeit zu Zeit auch Wasser, damit auch hier bei uns die Farben der Bäume, Wiesen und Blumen leuchten mögen.«

»Ja schon, wenn es aber so weiter regnet, dann werden die Bäume und Blumen ja noch besoffen.«

Mit einem Lachen und einem Kopfschütteln staune ich mal wieder, woher hat sie nur diese Wortkombination?

»Glaubst du, dass Mirabella da draußen auf uns wartet, Mum? Oder ist sie schon zu jemand anderem weitergezogen?«

»Mirabella wartet ganz sicher auf uns, glaub mir, egal wie lange der Regen dauert«, beruhige ich sie.

»Aber Mum«, mit einem Ruck steht sie vor mir und schaut mich mit leuchtenden Augen an, »als du das erste Mal Mirabella gesehen hast, hat es doch auch geregnet, vielleicht regnet es jetzt so lange, bis wir rausgehen und Bella suchen?« Ihre weit aufgerissenen, vor Begeisterung glänzenden Augen verheißen nichts Gutes. Was soll ich ihr denn auf diese Bemerkung antworten? Jetzt brauche ich einen kurzen Moment, um zu überlegen.

»Willst du auch gerne was zu trinken, Bella?«, versuche ich sie abzulenken.

»Muuum«, diese vorwurfsvollen, grünen Augen, mit denen mich meine Kleine beäugt, und dem wippenden Fuß dazu, erinnert sie mich glatt an meine Fee Bella. Es wird mir warm ums Herz und liebevoll streiche ich Belinda eine Locke, die sich frech über ihr Gesicht ringelt, zur Seite.

»Hör zu, Schatz, du hast recht und mal wieder gut zugehört, meine kleine Fee, die ja nun auch deine ist, habe ich im Regen kennengelernt. Allerdings war der nicht so stark wie heute. Wenn wir jetzt da rausgehen, dann holen wir uns ganz bestimmt einen Schnupfen. Wir machen es uns doch heute einfach auf dem Sofa gemütlich und trinken einen heißen Kakao und knabbern ein paar Kekse dazu. Und währenddessen erzähle ich dir ausnahmsweise hier drinnen eine Geschichte, sonst dauert es wirklich viel zu lange.

Kann ja sein, dass Mirabella auch schon ungeduldig auf uns wartet.«

»Au ja, das finde ich cool, so wird Mirabella auch nicht nass und bleibt womöglich wieder am Schirm hängen!«, schmunzelt Belinda und ich gleich mit. Von wem sie diese Schlauheit hat?

Auf unserem blauen, kuscheligen Sofa sitzend, ihre Füße in dicke, rote Socken gehüllt und hochgelagert, liegt Bella mit ihrem Kopf auf meinem Bein und wartet gespannt auf die nächste Geschichte:

∞❀∞

»Als ich mal wieder nach der Schule im Garten auf Mirabella wartete, es kam schon mal vor, dass ich vor ihr da war und sie sich verspätete, schaute ich mich im Garten um«, beginne ich die nächste Geschichte.

Alles war so karg, keine Blümchen oder Sträucher zierten das Haus und den Platz drum herum. Im Nebenland war es anders, viele Blumen, Bäume, Sträucher und Tiere in allen Farben und Formen waren da zu bewundern. Während ich so meine Gedanken darüber machte, wie man die Umgebung schmücken könnte, summte meine Freundin herbei.

»Wunderbare Bilder hast du da im Kopf, Melissa«, bewundernd schaute mich Bella an. An der Hausmauer entlang blühten Hortensien in den Farben blau, rosa und weiß. Eine Hecke aus verschiedenen Sträuchern, wie die Weigelie oder der Schneeball, trennten unseren Garten und das

Haus von der Straße ab. Links neben der Veranda streckten sich Pfeiffenputzer in rosa und weiß empor und bunte Blumen wie Schleierkraut, Sonnenhut, Fette Henne und viele mehr, schmückten die ganze linke Seite ums Haus.

Durch den Garten verliefen Beete in Rondellenform und Schlangenlinien, wo Blumen und Sträucher abwechselnd ein farbiges Bild ergaben. Dazwischen standen verschiedene Steine und Figuren, die das Gesamtbild abrundeten und das Pünktchen auf dem i bildeten. Schmetterlinge, Bienen und Kolibris genossen das Blumenparadies und hüpften unermüdlich von einer Blüte zur anderen. Man hatte das Gefühl, dass sie kaum genug bekamen und alles, was möglich war, in sich aufsogen.

All diese Ideen hatte ich mir aus der Nebenwelt geholt, dabei kannte ich all die Namen der Blumen und Sträucher gar nicht. Lächelnd sah ich Mirabella an und ein bisschen wehmütig kam ich in die Realität zurück und sah vor mir einzig den Mutsch mit seinen unendlich langen Ästen und daran die großen, grünen Blätter hängend, die wie ein schützendes Dach über mir hingen. Ansonsten war da nichts, außer noch ein ausgetrockneter Rasen, der nur hier und da ein paar grüne, runde Flecken zeigte, die wie Bettvorleger wirkten.

»Warum wollt ihr denn keine Blumen im Garten?«, fragte mich Bella.

Traurig erklärte ich ihr, dass weder Mum noch Dad die Zeit hätten, Gartenarbeit zu leisten und es nebenbei viel zu teuer wäre.

»Na komm Melissa, wir fliegen in die Nebenwelt, vielleicht finden wir da eine Antwort«, forderte Bella mich auf. Augen zu und durch; lachend flogen wir wieder in die farbenfrohe Nebenwelt.

Ach, duftete das herrlich und ich konnte mich mal wieder kaum sattsehen an all den intensiven Farben und Formen. Man konnte kommen, wann man wollte, es waren immer zauberhafte Wesen am Werken, Bauen, Pflücken oder am Spielen. Immer war was los, Langeweile kannte man hier nicht. Bella führte mich an einen Ort, der meinen Vorstellungen der Umgebung unseres Heimes entsprach. Das heißt, von dem Garten mit den Hunderten von Blumen den ich mir in meiner Fantasie vorgestellt hatte. Wir liessen uns mitten in diesem Garten auf einem Rasenstück nieder.

»Ja Melissa, das ist dein Garten, so wie du ihn dir vorhin in deinen Gedanken ausgemalt hattest«, las Mirabella meine Gedanken.

»Der ist noch viel schöner als meiner«, antwortete ich ihr.

»Wenn du es ganz fest wünschst, dann wird er eines Tages auch in deiner Welt dir gehören. Dein Geisthelfer wird dir zur Seite stehen, um dieses Paradies zu erschaffen.«

»Glaubst du wirklich?«, fragte ich meine Fee misstrauisch, »werde ich eines Tages auch so einen wunderschönen Garten mit all den Blumen und Schmetterlingen haben?«

»Ja klar wirst du, hör gut zu, was dir Benjamin zu sagen hat«, sprach Bella zu mir.

»Wer ist denn Benjamin?«, schaute ich Bella fragend an.

»Benjamin ist ein Heinzelmann der Bescheid weiß, was

es benötigt um erfolgreich einen Blumen-, Gemüse- oder Beerengarten anzulegen und ihn dann auch so zu pflegen, dass er dir über lange Zeit Freude bereitet.«

»Ok, dann bin ich ja aber mal gespannt«, konterte ich argwöhnisch. »Autsch«, da fiel mir was Hartes von oben auf den Kopf. Ich sah mich um, doch nirgends war was, von wo was hätte runterfallen können. Ich wandte mich wieder Bella zu und »autsch«, schon wieder landete etwas auf meinem Kopf. »Was soll das?« Da entdeckte ich eine kleine Nuss und dann die Zweite, die unsanft auf meinem Kopf gelandet, und weiter auf dem Rasen davon gerollt war. »Wer war das?« Mirabella musste lachen.

»Das war Kobi, unser Kobold, der hat doch immer Flausen im Kopf.«

»Und wo ist dieser Kobi?«

»Der hat sich versteckt hinter der Thuja. Du kannst rauskommen, Kobi«, rief Bella, »wir haben dich entlarvt.«

Hüpfend und schmunzelnd kam ein kleiner Kobold, wie er im Buche steht, zu mir und grinste mich an. Mit seiner Knollennase und den viel zu weiten Hosen, die er halten musste, damit sie nicht zu Boden fielen, und der roten Zipfelmütze, deren Zipfel ihm lustig ins Gesicht hing, stand er da und grinste mich einfach an.

»Hallo«, begrüßte ich ihn, »ich heiße Melissa.«

»Das weiß ich doch«, gab er mir zur Antwort, »und wie ich heiße, weißt du nun ja auch.« Er hebt beide Arme mit der Handinnenfläche nach oben, gab ein belustigendes »Tja« von sich, und merkte sogleich, dass das ein Fehler war. Beschämt beugte er sich nach vorne und zog seine

Hose wieder hoch. Ich hielt meine Hände vor den Mund, um mein Lachen zu unterdrücken. Ein Blick zu Bella zeigte mir, dass es ihr gleich erging.

»Da hast du es, kürze endlich mal deinen Hosenträger oder lege dir einen Gurt um Kobi, so kann man doch nicht andauernd durch die Gegend rennen«, belehrte ihn meine Freundin.

»Ist mir doch egal«, konterte Kobi beleidigt, drehte sich um und verschwand.

»Tja«, hoben wir fast synchron die Hände und mussten losprusten.

»Wann kommt denn nun Benjamin, das Heinzelmännchen?«, wollte ich wissen.

»Du und deine Ungeduld Melissa, genieße jetzt erst mal diesen prachtvollen Garten mit all den Schmetterlingen, Bienen, Käfer und Kolibris. Benjamin wird sich dann schon noch zeigen«, versicherte mir meine Fee.

Ich spielte mit den Nüssen, die Kobi nach mir geworfen hatte und bewunderte die vielen bunten Schmetterlinge. Je länger ich sie ausspionierte, desto faszinierter wurde ich. Benjamin hatte ich schon fast vergessen, als Bella mir auf die Schulter tippte.

»Schau, da drüben kommt Benjamin«, flüsterte sie mir zu.

»Warum flüsterst du denn?«, fragte ich Mirabella.

»Weil Benjamin es gar nicht mag, wenn man die fleißigen Bienen und alle anderen Insekten beim Arbeiten stört. Und zu lautes Sprechen erschreckt die Arbeiterinnen.«

Ich sah zu, wie das Heinzelmännchen immer näher kam,

und erkannte, das es nicht mehr das Jüngste war. Sein schon fast ergrauter Bart und die vielen Runzeln im Gesicht zeigten, dass Benjamin schon einige Jahre auf dem Buckel hatte. Als er dann dicht vor uns stand, machte er mir, trotz seiner geringen Größe doch Eindruck. Er hatte solch eine immense Ausstrahlung, dass ich mich voll Ehrfurcht vor ihm verneigen wollte. Da verpasste mir Mirabella einen Seitenhieb, um mich davon abzuhalten. Wenn man das einen Hieb nennen konnte; mit ihrem Fäustchen kaum erbsengroß, boxte sie mich in den Oberarm. Keine Ahnung warum sie dies tat, aber ich hatte begriffen und ließ diese Geste.

»Sei gegrüßt Melissa, ich wurde gerufen, um dir zu helfen. Was ist denn dein Anliegen?«, wollte Benjamin wissen.

Ich zuckte mit den Schultern, da ich das ja selbst nicht wusste. In dem Moment sprang Bella für mich ein:

»Lieber Benjamin, Melissa ist traurig über den Zustand ihres Gartens, er sieht so karg und öde aus. Das Einzige was ihr dort Freude bereitet, ist der große Baum. Was kann sie dazu beitragen, diesen Zustand zu verändern?«

»Du hättest also gerne einen Garten wie diesen, in dem wir gerade stehen?«, fragte mich das Männchen.

Ich bejahte mit einem nickenden Kopf. Immer noch blieb mir die Sprache weg, fasziniert von Benjamin.

»Hast du deine Stimme verloren?«, fragte er mich lächelnd.

»Nnnein«, krächzte ich und versuchte meine Stimmbänder mit einem Räuspern wieder in Schwung zu bringen.

»Und ja, solch einen Garten hätte ich wahnsinnig gerne. Ich würde auch das Unkraut jäten und die verwelkten Blumen abschneiden, gießen und rasenmähen, alles was notwendig ist.« Sprudelte es sehnsüchtig aus mir raus.

»Liebe Melissa, ich würde dir gerne solch einen Garten herbeizaubern, kann ich aber nicht, den musst du ganz alleine erschaffen.«

Wie ich das denn erreichen könne, wollte ich von ihm wissen.

»Dazu musst du noch ein paar Jährchen warten. Es liegt noch nicht in deiner Macht so ein Projekt alleine zu gestalten, geschweige, es dann auch noch zu unterhalten. Deine Eltern haben weder das Verständnis für solch einen Wunsch, noch haben sie die Zeit dazu. Also bleibt dir im Moment keine andere Wahl, als dich mit deinem Mutsch zu begnügen. Es sei dir aber gewiss, dass du dir eines Tages deinen Traum erfüllen wirst.

Wenn die Zeit gekommen ist, wird dir dein Geisthelfer Rudolf beim Planen, Aufbauen und Pflanzen behilflich sein. Rufe ihn einfach, wenn du in den Garten willst, er ist allzeit für dich da. Er wird dich in allen Gartenangelegenheiten unterstützen und dir zur Seite stehen. Die Arbeit erledigst du selbst, doch mit Rudolfs Anwesenheit, schaffst du alles im Nu. Wenn alles bepflanzt ist, baue ein kleines Haus aus Steinen, Holz oder auch Lehm und lade die Naturwesen ein, sich in deinem Garten niederzulassen. Wenn sie dir wohlgesinnt sind, werden sie deine Blumen, das Gemüse und auch die Früchte schützen und pflegen helfen.«

Fasziniert und schon mit einer riesen Vorfreude hörte ich dem Heinzelmann zu und konnte meinen Ohren kaum trauen. Ich sollte eines Tages meinen eigenen großen Garten haben?

»Und wann bekomme ich denn meinen Garten?«, wollte ich jetzt wieder ungeduldig wissen.

»Die ungeduldige Melissa«, lachte Benjamin, »das wird noch eine ganze Weile dauern. Wenn es so weit ist, wirst du uns schon vergessen haben. Aber du wirst nicht ohne unser Zutun das Ziel erreichen, wir werden da sein, das verspreche ich dir. So, und nun muss ich weiter arbeiten.« Er drehte sich um und ging.

Noch immer fasziniert und erfreut tanzte ich im Kreise und pfiff eine selbstkomponierte Melodie. Bella versuchte es mir gleich zu tun und drehte sich so lange im Kreise, bis ihr schwindelig wurde und sie im zick zack auf einen Baum zuflog. Sie konnte nicht mehr ausweichen und streifte ihn, wobei sie sich eine kleine Schramme an der Nase holte. Ich musste lachen, bekam Schlagseite und fiel der Länge nach in ein Blumenbeet. Oh, das tat mir dann doch leid, jetzt hatte ich die Blumen platt gemacht. Ich versuchte, die Blümchen wieder gerade zu biegen, was mir aber nur halbwegs gelang.

»Ich glaube, das ist ein unmögliches Unterfangen Melissa. Entschuldige dich bei den Margeriten, und passe das nächste Mal besser auf wo du hinfällst!« Belehrte mich Bella halb schmunzelnd, halb tadelnd.

»Du hast gerade das Recht dazu mich zu tadeln, wo du

doch eben einen Baum gerammt hast.« Versuchte ich, den Tadel zurückzugeben.

»Du hast Recht«, meinte Mirabella. »Wir sollten jetzt wieder nach Hause«, forderte sie mich auf.

»Bella«, überlegte ich, »warum wusste Benjamin, dass ich meinen Baum Mutsch nenne?«

»Mädel, zum ixten mal, wir wissen alles, wenn wir wollen«, schmunzelte Bella.

Als ich wieder meine Augen öffnete, war leider kein prachtvoller Garten zu sehen, wie ich es mir im Geheimen erhofft hatte. Aber darum zu wissen, dass ich ihn eines Tages haben werde, tröstete mich.

Unterdessen waren meine Eltern auch zu Hause angekommen. Ich hauchte Bella einen Handkuss zu, und ging rein zum Abendbrot.

୫୦୯୧

Während ich Belinda erzähle was es zu Essen gab und was ich alles an diesem Abend mit meinen Eltern besprochen hatte, schlief sie in meinen Armen seelenruhig ein. Ich lege sie auf dem Sofa nieder und decke sie zu. Das nutzt unsere Katze Missu gleich aus und legt sich zu ihr. Ein Bild zum Schmunzeln.

»*B*ella, Tim es wird Zeit, wir wollen heute doch wieder mal in den Park«, weckt Jeff die Kinder. Verschlafen und die Augen reibend wackelt Bella in den Flur.

»Aber ich habe noch nicht fertig geschlafen, ich bin noch sooooo müde«, gähnt sie.

Tim dreht sich nicht einmal auf die andere Seite. Der braucht heute einen riesen Bagger und einen Eimer Eiswasser dazu. Ich habe so das Gefühl, dass das mit dem Park heute nicht eine glorreiche Idee ist.

Wir hatten gestern Jeffs Geburtstag gefeiert und unsere Freunde dazu eingeladen. Da wurde es bei Grillwürstchen und Bier halt doch ein wenig später als geplant. Seit drei Tagen hat es nicht mehr geregnet und da lag es nah, die Feier nach draußen zu verlegen, zumal wieder angenehm warme Temperaturen herrschten.

Ich zog Jeff am Ärmel und schlug vor, am Nachmittag eine Runde im See schwimmen zu gehen. Es macht eh keinen Spaß durch den Park zu wandern, wenn den Kleinen die Augen fast zu fielen, und das Laufen mit ›Bleischuhen‹ ist nicht von Vorteil. Mein Göttergatte lässt sich erweichen und sieht ein, dass dies heute wirklich keinen Sinn macht. Jeff nimmt Belinda auf den Arm und trägt sie wieder in ihr Bett zurück, deckt sie zu und lässt ihr nochmals eine Runde Schlaf.

Wir machen es uns in der Küche gemütlich und genehmigen uns einen schwarzen Kaffee, während wir den gestrigen Abend Revue passieren lassen. Die Feier war gemütlich und lustig gewesen. Da unterbricht man die Stimmung nur ungern, auch wenn die Wanderung durch den Park am nächsten Tag schon seit längerem geplant war. Aufgeschoben ist nicht aufgehoben. Jeff liest die Zeitung und ich blättere in einer Modezeitschrift, mit den Gedanken mehr beim Vorabend.

»Irgendjemand darf dann auch noch die Überreste von gestern beseitigen«, lasse ich die Familienmitglieder, die im Moment nur aus Jeff und mir besteht, wissen. Ohne den Kopf zu heben, schaut mich mein Liebster mit runzelnder Stirn an, schaut nach links dann nach rechts, und zeigt dann mit einem Finger fragend auf sich. Ich muss lachen und drücke ihm einen Schmatzer auf die Stirn.

»Lass nur, das habe ich im Handumdrehen erledigt, es reicht mir, wenn du die leeren Flaschen zum Container bringst.«

»Mach ich später mit Tim«, willigt Jeff dankbar ein.

Die Feier ist auch an uns zwei nicht spurlos vorbei gegangen. Nach dem Mittagessen und den restlichen Aufräumarbeiten, machen wir es uns auf der Veranda gemütlich.

»Zum See können wir auch noch nächste Woche«, flüstere ich Jeff zu, indem ich einen Blick zum Garten werfe, und mit dem Kopf dorthin zeige. »Da gibt es noch so einiges zu tun und ein bisschen Ruhe zu Hause schadet niemandem.«

Ich knie vor einem Blumenbeet und zupfe das Unkraut raus, als Belinda zu mir rüber ruft:

»Mum, ist das jetzt der Garten, den du dir damals so sehr gewünscht hattest? Hat Benjamin das Heinzelmännchen dir nun den Garten herbeigezaubert?«, wollte Bella wissen.

»Jep«, ist meine Antwort.

»Dann ist das hier auch das Häuschen für Mirabella und ihre Freunde, die hier für Ordnung sorgen?«, kommt die nächste Frage.

»Jep«, ist auch hier wieder meine Antwort. »Das ist das Häuschen für all meine kleinen Freunde.« Und jetzt erst wird mir wieder einmal bewusst, wie recht meine Freunde aus der Nebenwelt hatten. Benjamin, das Heinzelmännchen hatte mir einen wunderschönen Garten versprochen, wenn ich denn ein Häuschen für all meine kleinen Helfer zur Verfügung stellen würde.

Es war mir nicht einmal bewusst, dass ich meinen geistigen Helfer, den man mir schon damals zur Seite stellte, den Rudolf, in die Gestaltung und Planung des Gartens miteinbezogen hatte.

Schon wieder spüre ich diese Wärme um meinen Herzbereich. Ich lasse die Hacke auf den Boden sinken und gehe zu Belinda. Beide schauen wir das Häuschen an und dann sagt Belinda aus heiterem Himmel:

»Aber Mum, bei so vielen Blumen und Bäumen, haben

alle deine Helfer doch gar keinen Platz in diesem kleinen Haus!«

Wie klug sie doch ist, ich dachte im Ernst, dass alle Naturwesen die diesen Garten betreuen, in diesem Häuschen Platz hätten.

»Hm, da hast du aber ganz schön recht Bella, diesen Zustand müssen wir schnellstens ändern. Wir wollen ja nicht, dass uns die Helfer wieder davon laufen, zumal sie wirklich gute Arbeit leisten«, gab ich Bella recht.

Als ich das Häuschen aus Ton gekauft hatte, waren die Gedanken nicht bei den Feen, Kobolden oder Heinzelmännchen, zumindest nicht bewusst. Aber jetzt muss sogar ich schmunzeln und bin dafür, dass wir gleich größeren Wohnraum für unsere Freunde schaffen. Jeff und Tim spannen wir gleich mit ein, und wir alle lassen mal unserer Fantasie freien Lauf.

Die Männer sammeln Weideäste und bauen gleich ein riesiges Iglu, worin dann die größeren Wesen ihre Unterkunft bekommen. Bella und ich machen uns an den Ausbau des bestehenden Häuschens. Mit Steinen und Zweigen bauen wir weitere Räume an, so dass jedes Wesen ein eigenes Zimmer bekommt.

»Was denkst du Mum, wohnte Mirabella auch in unserem Garten?«, will Bella von mir wissen.

»Ich glaube schon, und wenn wir uns ganz viel Mühe geben, können wir sie vielleicht eines Tages wieder sehen.«

Die Bauerei nimmt den ganzen Nachmittag in Anspruch, und wir haben einen riesen Spaß daran.

Die Hände vom Schmutz befreiend, in dem Belinda sie

sich an ihren Jeans abwischt, schaut sie zufrieden vom Iglu zum Häuschen und lässt einen zufriedenen Seufzer raus:

»So, jetzt könnt ihr alle eure neue Wohnung anschauen«, ruft sie in den Garten hinein und hebt ihre Arme hoch in Richtung Himmel.

Tim schüttelt nur den Kopf und zeigt Belinda den Vogel.

»Tim«, schimpfe ich, »das ist nicht gerade nett von dir, außerdem hat Belinda recht.« Ich tue es ihr gleich, und lade alle Naturwesen, die für unsere Blütenpracht sowie für das Gemüse zuständig sind, herzlich in das neue Zuhause ein. Wie Belinda strecke ich die Arme zum Himmel und wir beide lachen vor Freude und Glück. Dass ich dies nicht nur Belindas wegen tue, ist anzunehmen. Ich würde fast sagen, meine Freude übersteigt, im Geheimen, die von Belinda. Danke meine Kleine, schon wieder hast du mich meiner Erinnerung ein Stück näher gebracht. Sage ich in Gedanken zu ihr.

$\mathcal{M}$it einer Tasse Kaffee in den Händen lasse ich meinen Blick vom Esszimmerfenster in den Garten schweifen. Schon wieder Samstag; und die Sonne schickt die ersten Strahlen über die Terrasse. Es scheint mir, als wärmt sie das Wasser des Zierbrunnens, denn gleich geht ein Riesenspektakel los.

Der Brunnen besteht aus einem rechteckigen Pflanzentrog, worauf wir einen flachen und langen Stein platziert haben. Durch ein Loch am oberen Rand des Steines wird unentwegt Wasser gepumpt, das wie ein Bächlein hinab fließt und sich in der Mitte, wo sich eine Kerbe befindet, zu einer kleinen Pfütze sammelt. Von dort plätschert das Wasser leise wieder zurück in den Trog.

Eins, zwei, drei und immer mehr Vögel schwirren herbei und lassen sich auf dem Stein nieder. Einer nach dem anderen putzt sich das Gefieder oder steckt den Schnabel ins Wasser und genehmigt sich einen Schluck. Gezwitscher verdrängt die Morgenstille und es spritzt in jede Himmelsrichtung – graziös zuzusehen. Nach einer anstrengenden Woche wirkt dieser Anblick wie Balsam auf meiner Seele.

Schmunzelnd aus dem Fenster staunend, habe ich Jeff gar nicht kommen hören. Ich erschrecke, als er mich liebevoll umarmt, und verschütte einen Teil meines Kaffees. Auf dem Boden bilden sich mehrere, kleinere und größere, braune Tropfen.

»Ach, entschuldige Schatz«, lacht Jeff, »aber du sahst so vergnügt aus, da wollte ich dich nicht ablenken.« Und als er die Vögel da draußen baden sieht, schenkt er diesem Spektakel ebenfalls einen AugenBlick der Vergnügtheit.

»Nun solltest du aber diese Sauerei schleunigst aufwischen, bevor noch jemand rein trampelt, daran bist du ja Schuld«, mahne ich Jeff mit einem versteckten Lächeln.

»Ok«, ist seine Antwort und im Nu hat er dieses Malheur weggewischt.

»Was steht heute an?«, fragt er mich.

»Mal sehen, ich müsste noch einkaufen gehen und am späteren Nachmittag ist noch das Fußballspiel von Tim, da würde ich schon gerne hingehen«, beantworte ich seine Frage.

»Gut, ich bin dabei und Bella sicher auch, oder?«, fragt Jeff.

»Mmh, glaube nicht, sie will heute ihre neue Freundin Kerstin besuchen.«

»Kerstin?«, schaut er mich fragend an.

»Ja, Kerstin«, bestätige ich. »Die, die vor einem Monat neu hierher gezogen ist. Der Vater ist Arzt in der Stadtklinik und die Mutter, weiß ich nicht einmal was sie macht. Kerstin geht in die gleiche Kindergartengruppe wie Belinda und heute ist das erste Mal, dass sie zu ihr darf, lassen wir sie doch?«

»Ja klar, soll sie ihre Freude haben«, meint Jeff.

Am Abend als alle wieder zusammen am Abendbrottisch sitzen, Belinda ist eben erst nach Hause gekommen, fällt mir auf, wie still unser Sonnenschein ist. Ich lasse sie erst einmal, beobachte sie jedoch immer wieder von der Seite. Etwas bedrückt sie, doch eine innere Stimme sagt mir, sie nicht damit zu konfrontieren, zumindest nicht jetzt.

Früher als sonst zieht sich Belinda um und will ins Bett. Jetzt lässt es mir aber doch keine Ruhe mehr. Ich begleite sie in ihr Zimmer und decke sie zu.

»Hey Bella, willst du Mum verraten, was so schwer auf deinem kleinen Herzen liegt?«, frage ich sie leise. Sie schaut mich von der Seite an und scheint sich nicht so recht entscheiden zu können. Eine ganze Weile liegt sie da, ihren Kuschelhasen fest im Arm haltend und schweigt.

»Ist es denn so schlimm, dass du nicht einmal mir dein Geheimnis anvertrauen kannst?«, versuche ich es wieder. Ich bekomme nur ein kaum merkbares Kopfschütteln von ihr.

»Ich will jetzt schlafen«, ist alles, was sie sagt. Mit einem mulmigen Gefühl im Magen lasse ich sie in Ruhe und schließe die Tür ihres Zimmers. Morgen werde ich sie mir nochmals vornehmen. Etwas ist bei Kerstin passiert, was ihr und jetzt auch mir keine Ruhe mehr lässt.

*W*ar nicht die geruhsamste Nacht! Unzählige Gedanken betreffend Belinda und Kerstin gingen mir durch den Kopf. Szenen des Grauens spielten sich in meinem Gehirn ab und liessen mich kaum ein Auge schliessen. Erst im Morgengrauen schlief ich aus Erschöpfung dann endlich ein.

Heute ist Sonntag, mein ›freier Vormittag‹. Ich bitte jedoch Jeff, nur Tim zu den Großeltern mitzunehmen und Belinda mit mir alleine zu lassen. Ihm war gestern nicht entgangen, wie es um Bella stand. Verständnisvoll akzeptiert er meinen Wunsch, wohlwissend, dass nur ich Belinda entlocken kann, was sie so belastet.

Als meine Männer das Haus verlassen, bereite ich in der Küche ein Rührei zu, das Belinda so liebt. Schon kurze Zeit später tapst sie schlaftrunken die Treppe runter. Vom Duft aus der Küche angelockt setzt sie sich an den Tisch. Sie hat wohl auch eher unruhig geschlafen, was an ihren dunklen Augenringen nur unschwer zu erkennen ist.

»Wo sind denn Dad und Tim?«, schaut sie sich fragend um.

»Ach, weißt du, Schatz, ich dachte mir, wir könnten mal wieder einen richtig schönen Frauentag machen und die Männer tun es uns gleich. Also, sie nehmen sich natürlich einen reinen Männertag«, korrigiere ich mich und lächle sie an. Sie kommt mir nicht mehr so bedrückt vor wie am Vorabend; ich möchte aber trotzdem der Sache auf den Grund gehen. Sie schaut mich etwas misstrauisch an, erwidert aber nichts. Nicht einmal ein Jubelschrei, was ich normalerweise von ihr erwartet hätte. Na gut, dann muss wohl eine andere Strategie her. Ich setze mich erst einmal zu ihr und wir frühstücken zusammen. Da fallen mir wieder die Vögel ein und richtig, die nahmen gerade ihr Vollbad im Garten.

»Schau Belinda, da drüben am Brunnen«, fordere ich sie auf, zum Fenster hinauszuschauen. Als Bella das Schauspiel sieht, huscht ein kleines Lächeln über ihr Gesicht, was aber nach kurzer Zeit wieder erlischt. In Gedanken versunken setzt sie sich erneut an den Tisch und stochert in ihrem Teller herum, ohne was zu essen. Mir ist klar, dass Belinda den ersten Schritt machen muss. Es wird mir schon etwas einfallen, es aus ihr herauszulocken.

»Was denkst du, wollen wir es uns heute im Garten so richtig gemütlich machen, nur wir zwei bei Limo und Eis?«, schaue ich sie fragend an.

»Ja, können wir«, ist alles, was sie von sich gibt.

»Ich erledige noch den Abwasch und dann gehen wir raus. Die Rosen könnten noch einen Schnitt gebrauchen«, behaupte ich. Denn das ist etwas, was Bella liebt. Überhaupt im Garten zum Rechten sehen – nur heute scheint die Freude sie nicht zu begleiten.

Nach getaner Arbeit, und noch immer kein Sterbens-wörtchen aus ihr entlockt zu haben, setzen wir uns auf einen Liegestuhl. Von hier aus sehen wir direkt in das Weideniglu und Überraschung; ein kleines Wesen befindet sich darin, es rekelt und streckt sich, um sich gleich wieder zusammen zu rollen und weiter zu dösen. Es ist niemand anders als Missu, unsere Katze.

»Na, dann war der Iglubau zumindest nicht umsonst«, muss ich lachen und Belinda stimmt mit ihrer hellen Stimme mit ein. Jetzt ist das Eis gebrochen und kurze Zeit später fängt Bella an zu erzählen, erst zögerlich und dann immer schneller.

Ihre Freundin Kerstin habe überall blaue Flecken, die man aber nicht sieht, da sie immer Hosen und langärmlige Shirts an hat. Als Belinda bei ihr war und Kerstin beim Toben im Garten in den Pool fiel, musste sie die Kleider wechseln und da sah Belinda all die Schrammen, Blutergüsse und Flecken. Bella war so erschrocken und wusste genau, auch wenn sie sowas noch nie gesehen hatte, dass das nicht normal war.

Die Mutter von Kerstin war anscheinend kurz abwesend, was ich schon mal nicht gut finde. Schon aus dem Grund, weil sie einen Pool haben. Die Mädels sind erst sechs.

Belinda sprach Kerstin auf die vielen Flecken an, erst da habe Kerstin realisiert, dass sie halb nackt da stand und Bella das alles ja sehen konnte. Schnell habe sie sich mit einem Badetuch bedeckt und Belinda das Versprechen abgenommen, niemandem etwas davon zu erzählen. Was geschehen war, konnte Belinda ihr nicht entlocken.

»Mum, ich habe nun doch mein Versprechen gebrochen. Was passiert jetzt mit mir?«

»Du hast das einzig Richtige getan, Bella, und es wird dir gar nichts passieren.« Noch immer geschockt von der Mitteilung meiner Tochter, rattert es jetzt in meinem Kopf. Was ist jetzt zu tun, ich kann ja nicht zur Polizei, zumal ich ja keine Beweise habe. Dass Belinda die Wahrheit spricht, da gibt es keine Zweifel.

»Mum«, unterbricht mich Bella in meinen Gedanken.

»Hätte vielleicht Mirabella eine Idee, wie wir Kerstin helfen könnten?« Erwartungsvoll schaut sie mich an. Und ich erinnere mich wieder.

Ja Bella, unsere Bella die Fee hat da sicher eine Antwort, und ich fange an zu erzählen.

ಣಿಚಿ

Da war ein Mädchen in meiner Schule, sie hieß Gudrun. Mit ihr wollte keiner spielen, das heißt, sie wollte keinen Kontakt zu den andern. Sie war noch nicht so lange in der Stadt, war sehr ruhig und sah blass aus.

Gudrun tat mir leid, und eines Tages setzte ich mich in der Pause neben sie. Sie sprang nicht gleich weg und so begann ich mit ihr zu sprechen. Es dauerte eine ganze Weile, bis sie sich mir langsam öffnete und wir dann die Pausen immer gemeinsam verbrachten. Nur eines durfte ich nicht, zu ihr nach Hause.

Dem Turnunterricht blieb sie fern, da sie angeblich einen Herzfehler hatte und keine sportliche Anstrengung vertrug.

Niemand fragte nach, es wurde so akzeptiert. Und dann, eines Tages, während der Schulpause, kleckerte ein Junge mit seinem Pausenbrot ungewollt ihr T-Shirt hinten am Rücken voll. Gudrun rannte auf die Toilette, um den Flecken, der dadurch entstanden ist, auszuwaschen. Dabei war der gar nicht so schlimm.

Sie musste Angst haben, denn es schien mir, als würde sie in Panik ausbrechen. Wegen solch einem kleinen Fleck? Ich rannte ihr nach und als ich da ankam und Gudrun beim Säubern des T-Shirts sah, blieb mir fast der Atem weg. Gudrun hatte an Armen und Rücken blaue, rote und grüne Flecken.

Sie war so mit ihrem T-Shirt beschäftigt, dass sie erst kurze Zeit später bemerkte, wie ich sie schockiert anstarrte. Erschrocken, dass ihr Geheimnis gelüftet war, und es womöglich alle erfahren würden, flehte sie mich an, niemandem davon zu erzählen. Es sei alles in Ordnung, sie sei nur manchmal ein Dussel und stoße sich immer wieder an. Ich versprach es ihr, und an Bella gewandt, sage ich:

∽∾

»Genau wie du es getan hast Bella. Und genau wie du, belastete mich das Geheimnis sehr, zumal ich genau wusste, dass diese Aussage nicht stimmen konnte. Denn Gudrun war überhaupt kein Dussel, zumindest nicht in der Schule, also musste sie diese Flecken woanders her haben.« Meinen Eltern konnte ich das nicht erzählen und auch Mirabella vertraute ich mich nicht an, ich hatte es ja versprochen.

Nach ein paar Tagen forderte mich meine Fee auf, sie mal wieder in die Nebenwelt zu begleiten. Da ich noch immer mitgenommen war von der Tatsache, dass meine neue Freundin Gudrun misshandelt wurde, und dies wahrscheinlich noch von ihren Eltern, hatte ich keine große Lust mich zu Vergnügen. Bella ließ keinen Widerspruch gelten und verzauberte mich einfach so, dass sie mich mühelos mitnehmen konnte. Wir flogen an diesem Tag nicht kreuz und quer durch die sonst so schöne Landschaft, nein, heute peilten wir direkt ein Ziel an. Auf einer weißen, mit Schnörkeln verzierten Bank liessen wir uns nieder.

»Was machen wir hier, Bella?«, fragte ich sie.

»Warte es ab.« Und wieder wurde meine Ungeduld auf die Probe gestellt. Na gut, warten wir eben ab. Während wir da sassen und Löcher in die Luft starrten, mir war nicht nach Reden zumute, hoffte ich zum ersten Mal, so schnell wie möglich wieder zurück in meine Welt zu kommen. Ich vertraute jedoch Mirabella, da sie mich nie enttäuscht hatte.

Eine Schnecke zog ihre Bahn an uns vorbei, wendete sich nochmals uns zu, streckte den Kopf und die Hörner uns entgegen und raunte mit einer Bassstimme:

»Zieht weiter zum See, dort werdet ihr schon erwartet.« Das war alles, was sie sagte und zog im Schneckentempo weiter. Ich musste ihr drollig hinterher geguckt haben, so überrascht war ich. Eine Schnecke mit einer solch tiefen

Stimme, das passte nicht zusammen. Bella zupfte mich am Ohr:

»Komm schon.«

Wir taten wie geheißen und im Nu waren wir am See mit dem tosenden Wasserfall. Am Ufer sitzend taute ich langsam auf und fragte Bella nochmal, was wir denn hier machen.

»Da«, zeigte Mirabella mit ihrem Zauberstab auf den See, »die Seekönigin Viktoria ist unser Rätsels Lösung.«

Eine bildschöne Frau schwamm in unsere Richtung. Sie schnappte nach Luft und tauchte kopfvoran ins Wasser und da sah ich, dass ihre Beine mit einem grünschimmernden Kleid bedeckt waren und sie trug Flossen.

»Die Flossen sind echt, Missi, sie ist eine Meerjungfrau«, erklärte mir Mirabella.

Ich war überwältigt von ihrem Anblick; dieser Grazie und der Schönheit, wie sie sich im Wasser wandte und uns aus großen, blauen Augen ansah, als sie wieder auftauchte. Ihr blondes, lang gewelltes Haar reichte ihr bis zur Hüfte, als sie sich auf einen Felsen setzte, den man durchs Wasser schimmern sah. Ihre Brüste wurden mit zwei riesigen Jakobsmuscheln bedeckt und eine ganz spezielle, noch nie gesehene Kette mit glitzernden Perlen, zierten ihr Dekolleté.

»Seid gegrüßt, ihr Lieben«, ertönte eine melodische Stimme. »Es freut mich euch behilflich sein zu dürfen«, setzte sie nach. »Liebe Melissa, in deinem Herzen trägst du eine Last mit dir rum, die dir nicht guttut. Manchmal ist es besser, zu sprechen und Sorgen loszulassen, als dass sie dein Herz versteinern. Du machst dir Sorgen um Gudrun, genau wie wir. Auch Gudrun kann sich niemandem anvertrauen, aus Angst, dass es dann vielleicht noch schlimmer wird.

Ihre Mutter ist total überfordert und lässt ihre Sorgen an der Kleinen raus. Der Vater weiß von nichts, da die Mutter der Gudrun droht sie wegzugeben, sollte sie irgendjemandem auch nur ein Sterbenswörtchen darüber erzählen. Nun ist ihre Angst noch größer, da du, Melissa, Bescheid weißt. Aber es ist gut, dass du es weißt, denn nun kann Gudrun geholfen werden.

Es wird jetzt nicht leicht für dich, Liebes, aber es ist nun deine Aufgabe, diesen Misshandlungen ein Ende zu setzen. Dabei musst du nur deiner Lehrerin Bescheid sagen, alles andere wird sich ergeben.«

»Und warum gerade ich?«, schaute ich Viktoria fragend an.

»Kannst du mir sagen, wer denn noch Bescheid weiß, dass Gudrun misshandelt wird, außer du und ihre Mutter?« Nein, das konnte ich nicht, und genau das belastete mich so. Ich war ja nicht besser als ihre Mutter, ich misshandelte sie zwar nicht, aber ich schaute tatenlos zu. Genau in dem Moment wusste ich, was zu tun war. Ich konnte und wollte nicht länger zusehen und musste mein Wissen weitergeben.

Aus lauter Freude wollte ich Viktoria umarmen, vergaß das Wasser, und machte im nächsten Moment einen Schritt ins Leere..... und tauchte unter.

Wieder den Kopf über Wasser und nach Luft schnappend, hörte ich wie Mirabella und Viktoria lachten, und ich tat es ihnen gleich. Liebevoll umarmte mich die Meerjungfrau und wünschte mir Glück. Ich bedankte mich bei ihr, die Last auf meinem Herzen war geschrumpft. Viktoria drückte mir eine Perle ihrer glitzernden Kette in die Hand, sie solle mir Mut geben.

Auf meinem Mutsch angekommen, stellte ich fest, dass meine Kleidung nass war. Ein bisschen verwirrt rannte ich nach Hause, um mich umzuziehen, bevor Mum von der Arbeit kam, denn das hätte ich ihr nicht erklären können. Zumindest nicht glaubhaft. Noch ein Handkuss und ein herzliches Dankeschön zu meiner Freundin und schon war ich im Wohnzimmer.

Nach einer halb durchwachten Nacht stand ich gerädert im Bad und versuchte mein struppiges Haar zu bändigen.

Noch nie war mir etwas so schwergefallen, wie das, was ich heute erledigen musste. Gudrun wird mich hassen, aber ich muss es ihr und mir zuliebe tun. Ich könnte es mir nie verzeihen, wenn eines Tages etwas noch Schlimmeres mit ihr passieren würde, und ich geschwiegen hätte.

Die Worte von Viktoria und der Gedanke an Mirabella verliehen mir den ganzen Mut, den ich aufbringen musste.

Gleich nach der Schule ging ich zu meiner und Gudruns Lehrerin und beichtete ihr alles. Am Ende rollten mir ein paar Tränen der Erleichterung aber auch der Angst die Wangen runter. Was, wenn die Lehrerin mir das alles nicht glauben würde und ich am Schluss als Lügnerin dastünde.....?

Sie sah mich aber nur an und in ihren Augen schimmerten ebenfalls Tränen. Liebevoll nahm sie mich in den

Arm und versicherte mir, alles richtig gemacht zu haben. Jetzt liege es nicht mehr in meiner Hand, sie würde dafür sorgen, dass Gudrun nicht weiter leiden müsse.

Ich habe nicht erfahren, was genau danach geschah. Gudrun kam eines Tages nicht mehr zur Schule. Die Lehrerin versicherte mir erneut, dass alles gut sei. Ich war erleichtert und fragte nicht mehr nach.

Erst viele Jahre später, ich hatte den Vorfall schon längst vergessen, erreichte mich eines Tages ein Brief; er stammte von Gudrun. Erst allmählich erinnerte ich mich wieder an die Geschichte. In liebevollen Worten bedankte sie sich bei mir und erzählte, was danach geschehen war. Auch wenn sie erst wütend auf mich gewesen war, da sie genau wusste, dass die Infos an die Lehrerin von mir stammten, so wurde ihr schnell klar, dass dies die Erlösung von ihrem Leid war. Da kullerten mal wieder ein paar Tränchen und verschmierten mein Make-up, aber im Wissen, dass ich damals genau richtig gehandelt hatte.

ΔΩCB

Belinda schaut mich nachdenklich an, nimmt einen Schluck ihrer Limo und läuft dann ins Iglu, um Missu zu kraulen die immer noch da eingerollt lag. Diese streckte sich und genoss die Streicheleinheiten.

Ein paar Tage später erreicht mich ein Anruf der Lehrerin von Belinda. Sie teilt mir mit, dass sie von ihr einen versteckten Hinweis bekommen habe. Belinda wollte von ihr wissen, was denn geschehen würde, wenn sie wüsste, dass einer ihrer Schüler zu Hause von einem Elternteil misshandelt würde. Auch wenn Belinda keine Namen genannt hätte, so habe sie sofort erkannt, um wen es sich handelte. Sie habe sogleich darauf reagiert, da ihr das Verhalten von Kerstin auch schon merkwürdig vorgekommen sei. Dank dem Hinweis von Belinda habe sie nicht mehr gezögert und sei dem auf den Grund gegangen.

Um nicht Bella mit hineinzuziehen, habe sie, unter einem Vorwand, Kerstin gebeten ihre Arme zu zeigen, die sie immer unter einem langen Shirt versteckte. Als sie nachgefragt hätte woher die Flecken kommen und nicht locker ließ, brach die Kleine in sich zusammen und erzählte alles. Das Jugendamt wurde informiert, die wiederum, benachrichtigten Kerstins Vater, der davon nichts wusste und aus allen Wolken fiel, was er zumindest behauptete. Die Mutter erlitt einen Nervenzusammenbruch und gestand alles. Sie hatte so unter der Untreue ihres Mannes gelitten, dass sie dies an Kerstin rausließ. Kerstin ist nun bei einer Pflegefamilie untergebracht und in Sicherheit.

Ich bin so stolz auf Bella, sie hat den versteckten Hinweis aus unserer Geschichte begriffen und wirklich klug umgesetzt. Vielleicht wird auch sie eines Tages einen Dankesbrief erhalten, denn den hat sie sich redlich verdient.

Freudig erzähle ich beim Abendessen Jeff und Tim, was für ein tolles Mädchen unsere Belinda ist. Ich kläre sie kurz auf, da niemand weiß, was unterdessen alles geschehen war. Belinda soll die ganze Geschichte allen haarklein berichten, den Teil, den mir die Lehrerin übermittelt hatte, füge ich am Schluss noch hinzu. Da sich Belinda die Konsequenzen ihres Verhaltens noch gar nicht bewusst war, freut sie sich am meisten von allen. Sie ist so froh, dass schlussendlich alles bestens gelaufen ist. Jeff und Tim bestätigen Bella, wie super sie gehandelt habe.

Zur Feier des Tages habe ich einen Apfelkuchen, den Bella so liebt, gebacken. Heute werden wir alle mit gutem Gewissen und frei von dieser unsagbaren Last, was Kerstin betrifft, schlafen können.

$\mathcal{D}$as Telefon klingelt, das kann nur Gerda sein, meine Pflegemutter. Niemand sonst ruft mich auf dem Festnetz an.

»Hallo Gerda«, melde ich mich erfreut. »Schön, von dir zu hören.« Doch von der anderen Seite hört es sich nicht freudig an.

»Was ist denn los?«, will ich von ihr wissen.

»Ach Melissa, ich hatte soeben Marlis am Telefon.«

»Ist was mit ihr passiert?«, frage ich erschrocken.

»Ja, das kann man wohl sagen, ob schlimm oder nicht.....«, und unterbricht ihre eigenen Worte.

»Ja was ist denn nun«, frage ich ungeduldig. Ich mag diese Wortspiele nicht und fordere sie auf, endlich zu reden.

»Marlis ist schwanger«, weint sie ins Telefon.

»Und das soll schlimm sein?«, rief ich fast zu laut durchs Telefon, war aber im selben Moment erleichtert. Marlis ist schwanger und Gerda macht ein Drama daraus.

»Was ist denn so schlimm daran, Marlis ist ja nun auch schon achtundzwanzig«, versuche ich sie zu beruhigen.

103

Aber Gerda schluchzt ununterbrochen und bringt kaum noch ein verständliches Wort raus.

»Hör zu, Gerda, ich werde mich jetzt ins Auto setzen und zu dir rüber fahren.« Ich lege den Hörer wieder in die Station zurück, packe meine Handtasche und die Autoschlüssel und renne los. Auf dem Weg zum Auto schreibe ich Jeff schnell eine Nachricht per Handy.

»Schatz, bin bei Mamma Gerda, es geht ihr nicht besonders. Belinda ist bei Jessica und Tim findet schon alleine nach Hause. Melde mich später nochmal.«

Was um Himmels willen ist denn so schlimm an dieser Nachricht? Hat Marlis vielleicht Schwierigkeiten damit?

Die Straßen sind frei, ich brauche nur eine knappe halbe Stunde bis Gerdas Haus. Sie steht bereits vor der Tür, als ich mein Auto einparke. Bestimmt wartete sie die ganze Zeit hinterm Fenster auf mich. Als ich sie zur Begrüßung in den Arm nehme, weint sie schon los. Ich drücke sie erst mal an mich, und fordere sie dann auf, ins Haus zu gehen.

»Ich koche uns einen Tee, du setzt dich aufs Sofa und fängst mal an zu erzählen.« Ich dulde keine Widerrede, setze Wasser auf und nehme die braunen Teetassen die Gerda mit uns zusammen getöpfert hatte. Ein kurzer Moment der Freude überkommt mich, wir hatten eine tolle Zeit hier bei den Zbindens. Nun aber zu Gerda und ihren, von mir aus nicht berechtigten, Sorgen.

»Was ist denn so schlimm an dem Zustand von Marlis?«

»Es ist nicht der Zustand von Marlis, der mir Sorgen macht.«

»Was dann?«, will ich ungeduldig wissen.

»Es ist.....«, und schon wieder zögert sie.

»Nun sag schon, was kann denn so schlimm sein, dass du nicht mit der Sprache rausrücken willst.« Die Hände reibend, und die Schultern zu den Ohren hochziehend schaut sie mich, ohne den Kopf zu heben, an.

»Ist es ein Afrikaner, oder gar ein Araber?«, bohre ich nach.

»Es ist ein Afrikaner«, bejaht sie, »das stört mich aber nicht«, fügt sie schnell hinzu.

»Was denn dann?« Mein Gott macht sie es spannend. »Nun rede endlich«, bitte ich sie erneut. Der Tee hat unterdessen gezogen, und ich weiß noch immer nicht, um was es wirklich geht.

»Also«, beginnt Gerda den nächsten Satz. Mit erwartungsvollem Gesichtsausdruck und in den Händen die Teetasse haltend, stehe ich vor ihr und hoffe, dass der Satz hier nicht wieder endet.

»Marlis ist wieder im Lande«, fährt sie fort, »sie ist schon längere Zeit wieder hier, nur wusste es niemand. Aus gutem Grunde.«

»Marlis ist hier?«, frage ich erstaunt.

»Ja, und eben, schon längere Zeit. Nur wusste ich das auch nicht. Sie hat mich heute Morgen angerufen, um ihren Besuch anzukünden. Ich war erst erfreut und dachte, sie sei eben mal wieder zurück von einer ihrer vielen Reisen. Als sie dann vor mir stand, ahnte ich nichts Gutes. Ihre Augen waren gerötet und ihre Nase triefte noch. Was denn los sei, wollte ich von ihr wissen. Sie erzählte mir, dass sie, schon seit sieben Wochen wieder im Lande sei.

Sie wollte uns eigentlich überraschen. Doch wir waren gerade in Urlaub auf Malta. Das konnte sie aber nicht wissen. In der vorherigen Zeit war sie lange irgendwo im Dschungel unterwegs, ohne dass man sie erreichen konnte.«

»Du musst dich nicht entschuldigen Gerda, nur weil du in den Ferien warst, als deine Tochter mal wieder unangemeldet auf der Matte stand.« Typisch Gerda und typisch Marlis. Gerda sucht die Schuld an sich und Marlis macht sich überhaupt keinen Kopf, was ihre Mutter für Sorgen und Ängste wegen der kleinen Weltenbummlerin aussteht.

»Das kann nun ja aber nicht alles gewesen sein, oder?«, fordere ich sie auf, weiter zu erzählen.

»Nein, aber wäre ich hier gewesen, wäre sicher nichts Schlimmeres passiert.«

»Was ist denn so Schlimmes passiert, Marlis ist schwanger, das sind noch Millionen von anderen Frauen auch und machen nicht solch ein Drama draus«, wurde ich langsam ein bisschen wütend.

»Marlis ist schwanger von Collins.« Rückt sie nun endlich mit der Sprache raus.

»Marlis ist was?«, schreie ich sie an, und entschuldige mich gleich für mein Benehmen. Ich setze mich zu ihr aufs Sofa und halte ihre Hände.

»Wie konnte das denn nur passieren, und weiß es Tania denn schon?«, frage ich weiter.

»Als sie nach ihrer Rückkehr bei uns vorbeischauen wollte, und wir auf Malta waren, ging sie zu Tania. Tania war auf der Arbeit und Collins öffnete ihr. Die zwei hatten sich schon immer gut verstanden, also war auch nichts dabei, als Marlis mit Collins auf Tania wartete. Es sollte auch für Tania eine Überraschung werden, und so sagte Collins ihr nichts, als sie anrief und mitteilte, dass es leider später werde. Sie hatte gerade einen lukrativen Großkunden an der Angel, und den wollte sie nicht vergraulen, in dem sie ein Nachtessen ausschlug. Also würde es sicherlich spät werden.

Da Marlis nicht wusste, wo übernachten, richtete Collins ihr das Gästezimmer. Beide machten es sich mit einem Glas Wein gemütlich. Marlis hatte ja viel zu erzählen und irgendwann müssen sie sich dann näher gekommen sein, zu nahe wie es scheint.«

»Das darf doch wohl nicht wahr sein«, ich schlage meine Hände über dem Kopf zusammen und schüttle den Kopf.

»Und daraus entstand das Kind«, vermute ich. »Weiss Tania denn davon?«

»Nein, sie weiß noch nichts, als es passiert war, und sie wieder zur Besinnung kamen, schworen sie sich, Tania nichts davon zu erzählen. Damit sie sich nicht verrieten, zog Marlis noch am gleichen Abend weiter, und niemand außer Collins hatte sie daher gesehen.

Sie tauchte bis heute bei einer Freundin unter. Aus Scham meldete sie sich nicht bei uns. Na ja, und jetzt, wo sie die Spätfolgen des Seitensprungs erkannte.....«

Gerda legt eine kurze Pause ein, holt einmal tief Luft, und erzählt besorgt weiter: »Das war ein Schock für sie, und wie es weiter gehen soll, die nächste Sorge. Die einzige Lösung schien, sich an mich zu wenden. Lange hätte sie diesen Umstand eh nicht mehr verheimlichen können. Eine Abtreibung kommt nicht in Frage. Die Frage ist, wie soll es weiter gehen?«

»Weiss Collins denn, dass er Vater wird?«

»Ich glaube nicht, Marlis hat keinen Schimmer, wie sie dies jetzt auf die Reihe kriegen soll. Ich wusste nicht, an wen ich mich wenden sollte, Melissa. Es tut mir leid, dass ich dich da mitrein ziehe. Aber ich brauchte jemanden zum Reden.«

»Ist schon gut, Gerda, ich verstehe dich völlig, und selbstverständlich stehe ich dir bei. Was meint denn Anton dazu?«, will ich wissen.

»Der weiß auch noch nichts davon, das ist so eine verworrene Geschichte, ich habe direkt Angst etwas kaputt zu machen.«

»Du machst ganz bestimmt nichts kaputt, dieser Schlamassel wächst ja nicht auf deinem Kopf«, begehre ich auf.

»Soll ich mal mit Marlis sprechen?«, frage ich sie.

»Nein, lass nur, ich habe ihr versprochen niemandem etwas zu sagen. Aber es hat mich fast zerrissen, und wenn ich an Tania denke; sie liebt Collins doch so, und sie denkt, auch er hängt an ihr«, weint Gerda wieder. Ich nehme sie in die Arme und verspreche ihr, jederzeit für sie da zu sein. Ich nehme ihr das Versprechen ab, dass sie sich, wenn sie nicht mehr weiter weiß, bei mir meldet. Während ich sie so in meinen Armen halte, fällt mein Blick auf die Uhr. Ach, du liebe Zeit, es ist schon halb acht. Jeff macht sich bestimmt Sorgen, und gemeldet habe ich mich auch nicht bei ihm. Sanft streiche ich Gerda über die tränennasse Wange.

»Hör zu, ich muss mich bei Jeff melden, sonst macht er sich auch noch Sorgen, ich konnte ihm ja nicht sagen, um was es ging.« Verständnisvoll lässt Gerda mich eine Nachricht an Jeff senden. Als ich das Handy anschalte, steht eine Nachricht von meinem Mann da. ›Hey Liebes, alles in Ordnung? Bitte melde dich‹. Das hatte er vor zwei Stunden geschrieben. Schnell tippe ich ein: Hey Jeff, soweit alles gut, ich komme jetzt nach Hause und erzähle alles, musst dir keine Sorgen machen. Bitte gib den Kids was zu Essen und bringe sie danach ins Bett. Hab dich lieb, und schließe mit einem Kuss-Smiley ab.

»Ich muss jetzt gehen, kann ich dich alleine lassen?«, schaue ich meine Pflegemutter fragend an.

»Ja, ja, geh du nur, ich komme schon zurecht. Es hat gut getan mein Herz auszuschütten, danke dir, Liebes. Außerdem kommt Anton um acht nach Hause, bis dahin habe ich mich schon wieder gefangen.«

»Und du versprichst mir, mich anzurufen, wenn was ist!«, gebe ich in einem Befehlston von mir. Gerda lächelt mich dankend an.

»Mach ich, und jetzt geh, deine Familie braucht dich nun mehr als ich«, meint sie und schiebt mich zur Tür hinaus. Ich kann gerade noch rechts meine Tasche vom Sofa schnappen und links die Jacke von der Garderobe nehmen, und schwups klappt auch schon die Haustür hinter mir zu. So ist Gerda, kurz und bündig.

Es fällt mir schwer, mich auf den Straßenverkehr zu konzentrieren. Wie kann man mit dem Freund seiner eigenen Schwester ins Bett hüpfen? Marlis wie Tania sind für mich wie Schwestern, ich hatte auch nie das Gefühl, nicht zur Familie Zbinden zu gehören, umso mehr trifft mich dieses Geständnis.

Erschrocken stelle ich fest, dass ich bereits zu Hause angekommen bin. Ich war die ganze Heimfahrt so in Gedanken versunken.

Tim und Bella schlafen bereits. Ausführlich und noch immer aufgewühlt, berichte ich Jeff die ganze Geschichte bei einem Glas Wein.

*E*s läutet an der Haustür sturm. Schlaftrunken versuche ich mich zu orientieren und greife nach dem Wecker. Halb zwei Uhr morgens, was soll das denn? Schlagartig bin ich wach, im Verdacht etwas Schreckliches sei passiert. Während ich aus dem Bett springe, wecke ich Jeff und fordere ihn auf mit runter zu kommen. Er schaut ein bisschen verdutzt aus der Wäsche und weiß nicht wie ihm geschieht.

»Was ist denn los?«, will er wissen.

»Keine Ahnung«, antworte ich ihm. »Jemand klingelt ununterbrochen an der Haustür, komm bitte mit.« Beide beeilen wir uns, an die Haustür zu kommen, nicht dass die Kinder auch noch aufwachen. Jeff reißt die Tür auf, und vor uns steht Julia Hofmanns.

»Was zum Teufel wollen Sie von uns mitten in der Nacht?«, fragt Jeff energisch, aber mit unterdrückter Stimme, um nicht noch mehr Krach zu machen. Als ich mich wieder gefangen habe, schiebe ich Jeff zur Seite und trete an seiner Stelle vor Julia.

»Frau Hofmanns?«, schaue ich sie fragend an, »was ist

denn los?« Tränenüberströmt steht sie vor uns und bringt kein Wort hervor.

»Wer ist denn das?«, meldet sich Jeff nun auch noch barsch zu Wort.

»Kommen Sie erst einmal rein«, fordere ich sie auf, und Jeff folgt uns verdutzt ins Wohnzimmer.

»Frau Hoffmanns ist eine Mitarbeiterin von mir, unsere gute Fee. Ich habe dir auch schon von ihr erzählt, erinnerst du dich?«, schaue ich Jeff fragend an. Er reibt sich am Hinterkopf, als müsse er sich erst daran erinnern, und antwortet dann:

»Ja klar, kann schon sein, ach ja, jetzt erinnere ich mich wieder, die gute Fee.«

»Kochst du uns mal einen Tee?«, bitte ich meinen Mann. Der verzieht sich in die Küche und macht wie geheißen.

»Erzählen Sie, was ist passiert?«, will ich von ihr nun wissen. Sie hat sich allmählich wieder im Griff, und schnieft ins Papiertaschentuch, das ich ihr gegeben habe. Mit verweinten Augen schaut sie mich unschuldig an, die Hände zwischen die Knie gepresst und immer noch schniefend.

»Ich habe bei einer Bekannten gewohnt, und dessen Freund hat mich mitten in der Nacht auf die Straße gesetzt. Nun wusste ich nicht wohin. Sie hatten mir mal angeboten, dass, wenn ich Hilfe brauche, ich jederzeit zu Ihnen kommen könne.« Sie schaut mich bittend an.

»Für ein Hotelzimmer habe ich nicht genug Geld und sonst habe ich auch niemanden, da kamen Sie mir in den Sinn. Es tut mir leid, wenn ich Ihnen nun auch noch Unannehmlichkeiten bereite, aber bitte schicken Sie mich nicht weg. Ich werde mich gleich morgen um eine andere Unterkunft bemühen.«

»Da machen Sie sich mal keine Sorgen, Sie schlafen heute hier. Ich kann Ihnen leider nur das Sofa anbieten, und morgen sehen wir weiter. Übrigens, ich bin Melissa und das ist Jeff«, zeige ich mit der Hand zu meinem Mann. Sie nickt mit dem Kopf.

»Danke, und ich bin Julia.« So wären diese Formalitäten auch geklärt.

Ich hole ihr eine Decke und Kopfkissen, die ich immer für Gäste bereit habe, und fordere sie jetzt auf, zu schlafen. Jeff und ich legen uns ebenfalls wieder hin, ohne groß zu diskutieren, dafür haben wir morgen Zeit.

Belinda und Tim schauen schön komisch aus der Wäsche, als sie Julia am nächsten Morgen entdecken. Ich stelle ihr meine Kinder vor und umgekehrt erkläre ich den Kids kurz, warum Julia hier sei, und wahrscheinlich eine Weile bleiben würde. Mir war klar, dass sie nicht so schnell ein neues zu Hause finden würde, zumal sie nicht das große Geld verdient.

Nach dem Frühstück geht mal wieder jeder seine Wege und Julia kommt gleich mit mir. Um sie nicht noch mehr zu belasten, stelle ich ihr keine weiteren Fragen zu dem gestrigen Vorfall. Sie wird sich schon äußern, wenn sie das Bedürfnis dazu hat.

Wie schon vermutet, zieht sich die Wohnungssuche in die Länge. Tim und Belinda teilen sich ein Zimmer, und das ohne zu meckern, damit Julia ein eigenes Bett bekommt.

Sie ist wirklich nett und zuvorkommend, die ganze Familie hat sie gleich ins Herz geschlossen. Da Julia nicht jeden Tag in der Bank arbeitet, hat sie allmählich einige Hausarbeiten übernommen, womit sie mich entlastet. In kürzester Zeit wuchs sie in unsere Familie hinein und die Wohnungssuche wurde zur Nebensache.

$\mathcal{B}$eide Beine auf einem Stuhl hochgelegt, lese ich mal wieder in meinem Roman. Ich sitze draußen auf der Terrasse und genieße das schöne Wetter und den Duft der Rosen. Leise plätschert der Brunnen und über mir fliegt ein Kondor. Mit seinen weit gespreizten Flügeln, lässt er sich elegant durch die Lüfte gleiten. Ein Bild, das mich an etwas erinnert. Was war es nur?, überlege ich eine Weile.

Ja, da ist es wieder, es war ein weiteres, wundervolles und lehrreiches Erlebnis mit Mirabella. Das wird die nächste Reise in die Nebenwelt mit Belinda werden. Ich freue mich, zumal sie mir erst kürzlich von einer Begebenheit in der Schule erzählte, die eine gewisse Ähnlichkeit mit meinem Erlebnis hat. Danke, ihr Lieben da oben, zur rechten Zeit schickt ihr mir immer wieder Eingebungen.

Mittlerweile kommuniziere ich immer wieder mit meinem Geistführer. Auch wenn ich ihn nicht mehr sehen kann, so fühle ich ihn, meist durch eben solche Eingebungen oder Geschehnisse, die man nicht erklären kann. Ich glaube nicht mehr an Zufälle, nur dass sie mir zu fallen, geschickt von eben diesen wunderbaren Lichtwesen.

115

Als Bella dann endlich aus dem Tanzunterricht kommt, stillt sie erst ihren Hunger mit einem Apfel und einem Stück Brot. Außer uns zwei, und Missu die auf einem Stuhl neben mir liegt, ist sonst niemand zu Hause.

»Weißt du was, Bella«, mache ich sie neugierig, »heute ist mal wieder Zeit für eine Mirabella Geschichte.«

»Au ja«, jauchzt sie vor Freude. »Gehen wir wieder zum Baum.« Das war mehr eine Aufforderung als eine Frage. Ich ziehe mit, und lege mich, wie gewohnt wieder auf den Liegestuhl. Das wird großzügigerweise von meiner Tochter akzeptiert, und ich muss mich nicht mehr auf einem Ast rumquälen. Belinda rekelt sich genüsslich und voller Vorfreude auf dem Baum.

»Ist Mirabella schon da?«, will sie wissen.

»Ich glaube schon«, gebe ich zur Antwort. »Können wir loslegen?«, schaue ich fragend zu Belinda hoch. Und mit einem Daumen hoch, kommt prompt die Antwort.

ᚗᚗᚗ

Als ich mal wieder im Garten spielte und auf Mirabella wartete, sah ich zu, wie eine kleine Raupe auf einem Blatt den Hunger stillte. Fasziniert wie sie das anstellt, und wie das Blatt auf einmal runde Einkerbungen hatte, bemerkte ich gar nicht, wie Mirabella sich zu mir gesellt hatte und das Schauspiel von oben herab beobachtete.

»Sieht interessant aus, nicht?« Erschrocken machte ich einen Schritt zurück und stolperte über ein grosses Becken, das Mum dahin gestellt hatte. Es soll sich mit Regenwasser füllen, das angeblich besser sei, für die paar Blümchen im Vorgarten, als Leitungswasser. Da es in letzter Zeit aber, Gott sei Dank, nicht geregnet hatte, sass ich, die Beine in die Höhe gestreckt, mit dem Hintern im trockenen Becken. Mirabella, die sich erst erschrocken hatte, lachte nun Tränen.

»Siehst supersüß aus in dieser Position«, lachte Bella weiter. Den Versuch, aus diesem Becken zu kommen, erwies sich schwieriger als gedacht. Als ich es dann endlich geschafft hatte, rannte ich der Fee nach, die mit flatternden Flügeln und noch immer lachend, meinen Hieben geschickt auswich. Dass es mehr Spaß als Ernst war, ist ja klar. Ich hätte nie meine Freundin geschlagen, obwohl, ein etwas heftigerer Windhauch ihr nicht geschadet hätte.

»Hey, Missi«, fing Bella an, als ich mich auf den Ast gesetzt haben und Mirabella sich in ihr Moosnest. »Machen wir eine Reise?«

»Ist das nun eine Frage oder eine beschlossene Sache?«, fragte ich zurück. Meine Freundin schaute mich schmunzelnd an.

»Na ja, ich glaube kaum, dass ich alleine fliegen werde, oder?«, zwinkerte sie mir zu.

»Augen zu und durch. Ich liebe diese Ausflüge!«, versicherte ich ihr. Gespannt, wo unsere Reise dieses Mal hinginge, ließ ich mich einfach überraschen. Bella würde es mir sowieso nicht verraten.

Wir landeten mitten auf einer Blumenwiese. Der Duft war so intensiv und farblich schimmerte es in verschiedenen Gelbtönen. Unendliche Weite und wir mitten drin.

»Du hattest mal eine Frage liebe Missi«, sprach mich Bella nach einer langen Pause an. Ich sah sie fragend an, denn im Moment fiel mir nicht ein, von welcher Frage sie sprach.

»Du hattest in letzter Zeit Träume, die dich hochschrecken liessen, und fragtest mich, warum das so sei. Nun bekommst du die Antwort.«

Neugierig wie ich denn diese Träume besiegen kann, wartete ich auf die Antwort. Da kam ein riesiger Adler geflogen und setzte sich im Blumenmeer vor uns nieder.

»Hallo Melissa, ich bin Coprax, und ich werde dir aus diesen Alpträumen helfen, wenn du es denn auch willst«, sprach der riesige Vogel zu mir.

»Ja, ich will«, schaute ich ihn mit erwartungsvollen Augen an. Sein Gefieder war von unvorstellbarer Schönheit, verschiedene Brauntöne wechselten sich in einem zickzack Muster ab. Seine Augen waren so klar und zielgerichtet, als könnte er durch mich hindurch sehen.

»Komm«, forderte er mich auf. »Setz dich auf meinen Rücken, wir wollen uns deine Geschichte von oben anschauen.« Ich tat wie befohlen und setzte mich auf ihn. Als er abhob, kam es mir vor wie auf einer Achterbahn. Der Wind wirbelte mein Haar durcheinander, und ich musste mich an seinem Gefieder festhalten, um nicht rücklings von dessen Rücken zu fallen. Mirabella hatte sich auf meiner Schulter festgekrallt. Während ich diesen Flug genoss, sah ich auf einmal weit unten ein kleines Mädchen, das von anderen Kindern geplagt wurde.

Als wir näher heran flogen, erkannte ich das Mädchen, es

war Celine. Sie ging mit mir zur Schule. Drei Jungs und ein weiteres Mädchen machten ihr das Leben schwer. Nur weil sie schüchtern war und sich nicht zu wehren traute, musste sie jeden Tag Gemeinheiten über sich ergehen lassen. Man spuckte sie an, riss ihr an den Haaren und schubste sie herum. Wenn der Lehrer gerade nicht hinsah, verschmierten sie ihre Blätter oder zerrissen sie gar.

Ich wusste das, nur hatte ich nicht den Mut, ihr zu helfen. Ich versuchte es einmal, da drohten sie mir, mit mir dasselbe zu tun. Ich schaute wie alle anderen einfach weg. Als ich diese Szene von dieser Perspektive sah, erfasste mich Groll und Wut auf die Peiniger. Langsam setzten wir wieder zur Landung an. Voller Zorn wollte ich von Coprax's Rücken springen, doch er hielt mich zurück, indem er sagte:

»Die Reise ist noch nicht zu Ende Melissa, es gibt noch mehr zu sehen.« Verwundert blieb ich oben sitzen und wusste nicht, was mich noch erwarten würde. Nochmals schwang Coprax die Flügel und wir glitten sanft mit dem Wind. Und wieder sah ich ein Kind, das wiederum von anderen Kindern geplagt wurde. Beim näheren betrachten, sah ich dieses Mal Viktor. Jetzt war ich total perplex. Viktor war einer der Jungs, die Celine geplagt haben, oder besser gesagt, noch immer plagten, er war der Anführer. Hier sah ich, wie man Viktor dasselbe antat wie Celine. Aber warum? War das die Strafe, weil er andere Kinder quälte?

Wieder auf dem Boden durfte ich dieses Mal absteigen. Ich war nicht mehr wütend und voller Groll, nein, jetzt war ich nachdenklich. Coprax und Mirabella standen nur da und warteten. Bis ich dann fragte, warum das alles so sei? Coprax begann zu erklären:

»Liebe Melissa, die Ängste, die du nachts hast, sind die Ängste, von den Mitschülern gequält zu werden. Du hast nicht den Mut, Celine zu helfen, und das belastet dich noch mehr. Warum sie geplagt wird, hast du auf unserem zweiten Flug mitbekommen. Viktor wird zu Hause von den eigenen Brüdern misshandelt. Seine Eltern bekommen das nicht mit. Aus Frust und um sein Selbstwertgefühl zu steigern, hat er ebenfalls ein Opfer ausgesucht, das schwächer ist als er - Celine.

Seine Brüder mobben ihn nur, weil er zu Hause der Liebling der Eltern ist. Viktor kann gar nichts dafür. Wenn die Eltern alle drei gleich behandeln würden, und die größeren Kinder auch mal gelobt würden, statt nur mit Tadel über sie herzuziehen, wäre das Problem mit Celine auch nicht. Die, die mit Viktor mitziehen, tun es auch nur aus Angst, oder Belustigung.

Du, Melissa, kannst deine Ängste nur besiegen, wenn du dich der Situation stellst. Solange du zusiehst, wirst du zur Mittäterin und findest keinen geruhsamen Schlaf. Nicht jeden belasten solche Situationen. Dich aber schon, also musst du handeln.«

Nach dieser Erkenntnis musste ich erst einmal schlucken. Die Angst gegenüber Viktor war wie verflogen. Auf einmal sah ich die Dinge von einer anderen Seite. Viktor war auch ein Opfer. Er war gar nicht so stark, wie er sich gab. Und wäre wahrscheinlich ein ganz netter Junge.

Ich wusste nun, was zu tun war, bedankte mich bei Coprax und schwebte wieder mit Mirabella zurück nach Hause.

Gleich am nächsten Tag nahm ich mir vor, diese Angelegenheit in der Schule zu klären. Den Mut und das Wissen dazu hatte ich jetzt ja.

Voller Tatendrang, und auch Freude, begab ich mich am nächsten Tag auf den Weg dorthin. Gleich in der ersten Pause konfrontierte ich Viktor mit meinem Wissen. Klar und deutlich erklärte ich ihm, dass er sich zu Hause Gehör und Respekt verschaffen müsse. Er solle ruhig mal auf den Tisch klopfen, anstatt Celine zu verklopfen. Sie könne nichts dafür und soll nicht sein Opfer sein. Denn das sei keine Lösung.

Erst war Viktor überrascht, dann wütend und wollte mich packen, doch durch meinen Redeschwall, meiner Klarheit und Direktheit, aber auch Güte, hörte er mir einfach weiter zu. Ich bot ihm an, immer ein offenes Ohr für ihn zu haben, und dass er sich nicht zu schämen brauche für das, was zu Hause ablaufe. Er solle Celine in Ruhe lassen und stattdessen mal seine Eltern aufklären. Sie hätten drei Söhne und nicht nur ihn.

Die Kraft und die Ruhe, die ich in diesem Moment verspürte, hatte mir Coprax und wiederum Mirabella geliehen, indem ich ganz fest an sie glaubte.

Viktor ließ Celine tatsächlich in Ruhe, im Gegenteil, er übernahm sogar die Beschützerrolle für sie, und so wie er später mal erzählte, hätte sich zu Hause einiges verändert. Seine Brüder und er hatten ein aufschlussreiches Gespräch mit den Eltern. Seither gehen alle friedlich und aufrichtig miteinander um. Sein Zwinkern, wenn er mich sah, bestätigte mir, das Richtige getan zu haben. Und das Schönste an der Geschichte ist, ich hatte keine Alpträume mehr.

છ૭ન્ઝ

Die Handinnenfläche nach oben zeigend, mit einem einfachen tja, schloss ich die Geschichte.

Auch diese Geschichte macht meine Kleine nachdenklich. Bestimmt versucht sie jetzt, sich einen Reim aus dem Erzählten, und der Begebenheit an ihrer Schule zu machen. Solche und ähnliche Vorkommnisse passieren tausendfach auf Schulhöfen.

»Mum«, verzog Bella ihr Gesichtchen zu einer Denkgrimasse, »wo hole ich mir einen Adler her?« Ich verstand, dass Belinda jetzt so schnell wie möglich versuchte, ihre eigenen Belange zu klären. Genau wie mir gefiel es ihr überhaupt nicht, wenn es jemandem nicht gut ging.

»Der Adler, mein Liebes«, erkläre ich ihr, »ist tief in dir drinnen, und wenn du ganz fest an ihn glaubst und um Hilfe bittest, dann verleiht er dir Flügel. Unsagbare Kräfte und Mut unterstützen dich bei deinem Vorhaben.« Noch immer hat Bella die Denkgrimasse.

»Wirklich?«, fragt sie dann unsicher.

»Ja, ganz sicher«, bestätige ich ihr, nehme ihre Hände, drücke sie ganz fest und küsse ihre zarten Finger.

So wie ich meine Tochter kenne, wird sie den Adler fliegen lassen, da bin ich mir ganz sicher.

»*H*ey Melissa«, erschrocken drehe ich mich um und sehe Peter, den Sohn von Zbindens.

Elegant steht er da, am Türrahmen meines Büros angelehnt, die Arme und Füße verschränkt, und lächelt mich an.

»Was erschreckst du mich so?«, und schieße ihm einen Radiergummi zu, den er geschickt auffängt. Erfreut, ihn zu sehen, bitte ich ihn mir gegenüber Platz zu nehmen. Peter schließt die Tür, was mich ein bisschen stutzig macht und gleichsam beunruhigt. Was denn los sei, frage ich ihn.

»Missi«, fängt er in einem bitteren Tonfall an und schaut zu Boden.

Da kommt nichts Gutes, geht es mir spontan durch den Kopf. Hat es etwa mit Marlis und Tania zu tun? Ich behalte die Frage aber besser für mich. Ich weiß ja nicht einmal, ob Peter darüber informiert ist, was mit seinen Schwestern gerade los ist.

»Ich muss mit dir reden«, fährt er fort.

»Ja, das nehme ich an, um was geht es denn?«

»Es betrifft Julia.« Erschrocken erhebe ich mich vom Stuhl.

»Ist etwas mit ihr passiert?«, unterbreche ich ihn.

»Nein, also nicht wirklich«, schaut er mich jetzt schuldbewusst an.

»Ja was denn jetzt«, dränge ich ihn weiter.

»Die Julia ist nicht die, für die sie sich ausgibt«, behauptet er.

»So, und wer ist sie dann?« Jetzt wird es aber interessant, denke ich und setze mich, etwas beruhigt, wieder hin.

»Das weiß ich auch nicht so genau. Zumindest soll sie hier angeheuert haben, mit der Erklärung sie brauche dringend einen Job, und sie würde alles tun, um die Fachleute zu entlasten. Postboten spielen, die Angestellten mit Kaffee und Getränken versorgen, was eben alles so anfällt und wo zeitraubend und nicht gerade lukrativ ist. Man fand das eine gute Idee. Die Bankangestellten würden somit von Nichtigkeiten entlastet, also eine win win Situation.«

»Ist doch auch gut so, oder?«, bestätige ich diesen Entscheid.

»Ja schon, aber jetzt mal ehrlich, findest du das nicht auch kurios, vor allem die Situation wie sie jetzt ist? Julia wohnt nun schon seit zwei Monaten bei euch.«

»Ja, aber das ist doch wohl unsere Entscheidung, und wir mögen sie auch wirklich alle. Außerdem entlastet sie mich im Haushalt und mit den Kindern«, gebe ich ihm ein bisschen verärgert zur Antwort. »Was soll denn da nicht gut sein?«, schaue ich ihn fragend an.

»Missi, als ich das letzte Mal bei euch zu Besuch war, da habe ich eine Beobachtung gemacht. Erst gab ich ihr keine Bedeutung, doch nun bin ich mir nicht mehr so sicher.

Ich habe durch Zufall vor zwei Tagen ein Gespräch mitbekommen. Julia brachte Gered eine Tasse Kaffee. Durch die Trennscheibe sah ich, dass sie eine hitzige Diskussion hatten. Mit einem Vorwand ging ich in sein Büro und hörte gerade noch wie Julia zu ihm sagte, dass sie nicht wolle, dass du, Melissa, davon erfährst. Er solle sich noch etwas gedulden.

Abrupt schwiegen sie, als ich mich mit einem Räuspern bemerkbar machte. Ich verlangte nach einer Akte und tat so, als hätte ich vom Gespräch gar nichts mitbekommen.

Ich habe keine Ahnung, in welchem Verhältnis sie zu Gered steht, aber dass sie ein Geheimnis mit sich rumtragen, steht nicht zur Debatte. Und zwar eines das mit dir zu tun hat, Melissa. Julia verließ daraufhin eilig das Büro.«

Ich bin erst mal sprachlos. Fieberhaft überlege ich und suche eine plausible Erklärung. Aber was wollte Peter für eine Beobachtung bei uns zu Hause gemacht haben?

»Was hast du damals gesehen, als du bei uns warst?«, will ich nun aufgebracht wissen.

»Ich musste mal zwischendurch zur Toilette, da kam ich zwangsläufig an der Küche vorbei. Ich sah, wie sich Julia an Jeff schmiegte und versuchte ihn zu küssen. Jeff wies sie jedoch ab, und stieß sie sanft aber bestimmt von sich. Es war mir richtig peinlich, und ich lief deshalb auch weiter. Ich glaube nicht, dass sie mich gesehen haben.

Immer wieder überlegte ich mir, ob ich dich einweihen soll. Aber hättest du mir geglaubt? Der Julia traue ich gute, schauspielerische Künste zu. Ich habe daraufhin recherchiert und herausgefunden, dass Julia auf der Schauspielschule war. Also ließ ich es bleiben, und beobachtete sie nur.«

Ich bin so perplex, dass ich Peter nicht einmal unterbrechen konnte, als er den Part erzählte, wo Julia meinen Mann verführte. Erst jetzt erwache ich wie aus einer Trance und schaue Peter mit entgeisterten Augen an.

»Sie hat was?«, will ich nochmals von ihm wissen.

»Eine Schauspielschule.....«

»Nein, davor. Du behauptest, sie hätte Jeff verführt?«

»Ich habe es gesehen, Melissa.« Er hielt meinem Blick stand.

»Und du sagst mir das erst jetzt!«, werde ich wütend.

»Ich wusste nicht, wie ich es dir sagen sollte. Und hättest du mir auch wirklich geglaubt und das Ganze nicht etwa als Missverständnis abgetan? Jetzt mal ganz ehrlich Melissa, du findest Julia so toll, ich glaube nicht, dass du mir das abgekauft hättest. Und Julia hätte es auch bestimmt abgestritten, wem hättest du Glauben geschenkt?

Seit ich jedoch dieses Gespräch belauscht habe, hatte ich keine Ruhe mehr und musste dich informieren. Und tue jetzt bitte nichts Unüberlegtes.« Warnt er mich, denn ich wollte eben los und Julia zur Rede stellen. »Ich habe das Gefühl, dass da noch viel mehr dahinter steckt. Warum sollte Julia solch einen Aufwand betreiben, nur um an Jeff heranzukommen? Das könnte sie viel einfacher haben. Dann dieser, für sie unsinnige Job im Büro. Ich habe auch da mal nachgefragt. Der Chef hatte nur zögerlich und kurz geantwortet, er hätte Julia lediglich einen Gefallen geschuldet. Ja, und dann dieser nächtliche Überfall, ist dir das nie kurios vorgekommen?!

Wahrscheinlich hat es mit früheren Zeiten zu tun. Rede erst nochmals mit Mutter, vielleicht weiß sie mehr über deine Vergangenheit als Kind. Denn später war ja nie was, was mit Julia zu tun gehabt hätte, oder?«, will Peter wissen.

Ich bin noch immer durch den Wind und versuche die Gedanken zu ordnen. »Eh, nein, nein, da war nichts. Ich kann mich überhaupt nicht erinnern, sie jemals zuvor gesehen zu haben.«

An Arbeiten war jetzt nicht mehr zu denken. Ich nehme mir für den Rest des Vormittags frei und fahre direkt zu Mutter Zbinden, nicht ohne zuvor Peter einen Kuss auf die Wange zu geben und mich dankend von ihm zu verabschieden.

Mutter ist da, alleine, das kommt mir gerade recht. Mit mulmigem Gefühl im Magen erzähle ich ihr, was eben vorgefallen war.

Als ich alles auf den Tisch gelegt habe, und dies ohne Punkt und Komma, schaue ich sie fragend an.

»Ok«, beginnt sie. »Ich weiß nicht, was es mit Julia auf sich hat. Alles, was ich weiß ist, dass da noch mehr passiert war zwischen deinen Eltern, als was dir bekannt ist. Man hat mich nicht darüber informiert, nur dass dein damaliger Vormund Unterlagen besäße, die dir nur dann ausgehändigt werden sollten, wenn du danach fragst.«

Sie schaut mir tief in die Augen. »Auch ich habe geschwiegen, da ich vermutete, dass es dir wahrscheinlich mehr Schaden würde als nützen. Nun, da du aber danach fragst, hast du auch das gute Recht, die ganze Wahrheit zu erfahren. Melde dich am besten bei deinem ehemaligen Vormund. Wenn du es wünschst, werde ich dich auch dorthin begleiten, denn ich habe wirklich keine Ahnung, was dich dort erwarten wird.«

In dem Moment bin ich froh, eine Stütze zu haben, und nehme ihr Angebot dankend an. Auch ich weiß ja nicht, was da ans Tageslicht kommen wird.

»Ich melde mich, sobald ich einen Termin habe«, sage ich zu Gerda und fahre nach Hause.

Mit zittrigen Fingern wähle ich die Nummer von Herrn Jakobs, meinem ehemaligen Vormund. Die Combox, auch das noch!

»Hier ist Melissa Bergstein, bitte rufen sie mich zurück«, und hänge wieder auf. Was wird mir hier verheimlicht und was ist mit Julia? Tausend Fragen gehen mir durch den Kopf.

Da kommen mir die Mails in den Sinn, Mails die ich angeblich an einige Mitarbeiter geschickt haben soll, die boshaft und gemein waren. Auch wenn die Schreiben von meinem Account aus abgeschickt wurden, glaubte mir Herr Scheumann, dass diese nicht von mir stammen. Ich war an diesem Tag gar nicht im Büro. Also muss jemand am besagten Tag in diesem Raum gewesen sein und meinen Rechner geknackt haben. Der Vorfall konnte bis heute nicht aufgeklärt werden.

Hat Julia etwas damit zu tun? Jetzt wird mir aber erst richtig mulmig. Was zum Teufel geht hier ab! Ich drehe gleich durch, wie soll ich mich jetzt verhalten?

Haben Julia und Jeff in der Zwischenzeit doch eine Affäre, und ich dumme Kuh merke nicht einmal etwas! Angestrengt versuche ich mich zu erinnern, gab es irgendwelche Anzeichen? Wenn da was lief, dann konnte nicht nur Julia schauspielern, nein, dann war Jeff auch perfekt darin. Ich kann mir nicht vorstellen, dass Jeff mich betrügt. Zumindest hoffe ich es. Oh mein Gott, was soll ich jetzt tun? Ich muss mich hinsetzen, meine Beine sind wackelig, und meine Hände fahrig. Beruhige dich Melissa, spreche ich mir selber Mut zu, du musst jetzt die Nerven behalten. Niemand darf etwas darüber erfahren; ich muss so tun, als wäre alles in bester Ordnung.

Gott, dass schaffe ich nie, und haue mit der rechten Faust mit aller Kraft auf den Tisch. Die Fruchtschale macht einen Satz und ein Apfel rollt vom Tisch und fällt auf den Boden. Tausend Gefühle durchströmen mich, Ängste, Ekel, Wut, sogar Hass, und ich weiß nicht einmal auf was. Schüßlersalze, ich brauche jetzt Schüßlersalze. Hastig gehe ich in die Küche und nehme eine Handvoll Nr. 7. Absolut übertrieben, aber das ist mir egal, ich muss mich jetzt sofort wieder beruhigen.

Jetzt werde ich eine Runde schauspielern müssen! Niemand soll merken, dass es mich im Moment fast zerreißt.

»*H*allooo«, ertönt es liebevoll vom Flur. Julia ist gekommen, legt die Schlüssel auf die Kommode, und sieht mich im Wohnzimmer auf dem Sofa.

»Was ist denn mit dir los, geht es dir nicht gut?« Ihre Stimme klingt besorgt.

Mein Gott, kann die gut vorheucheln. Keine Sekunde würde ich daran zweifeln, dass sie es ehrlich meint.

»Ich hatte mir schon Sorgen gemacht, als ich dich im Büro nicht fand, und Handtasche und Mantel weg waren. Ich habe dann Herrn Zbinden auf dem Flur getroffen, und er versicherte mir, dass alles in Ordnung sei, es dir einfach nicht wohl gewesen sei. Kann ich etwas für dich tun, Melissa?« Mitfühlend schaut sie mich an, und ich würde ihr am liebsten eine reinhauen. Oder ist sie ehrlich, und alles ist doch nur ein Missverständnis?

»Ich brauche einfach ein wenig Ruhe, das wird schon wieder«, behaupte ich.

Julia zieht sich in die Küche zurück. »Ich mache schon mal das Mittagessen«, ruft sie mir zu.

»Danke«, kann ich gerade noch beherrscht sagen.

Nach und nach trudeln einer nach dem anderen zum Mittagessen ein. Ich bekomme kaum einen Bissen runter, mir ist speiübel.

»Schatz, was ist denn mit dir los, du siehst ja aus wie ein weisses Bettlaken«, bemerkt Jeff halb besorgt, halb scherzend. Doch zum Scherzen ist mir überhaupt nicht zumute. Ich murmle eine Entschuldigung und verziehe mich ins Schlafzimmer. Besorgt schauen mir alle nach.

»Bleibt die Mamma jetzt den ganzen Tag im Bett?«, meldet sich Belinda entrüstet.

»Ich glaube, wir lassen sie jetzt in Ruhe, Bella, die Mamma fühlt sich nicht wohl.« Höre ich Jeff noch sagen, daraufhin kommt ein:

»Oh meno, heute wäre doch wieder Geschichtentag«, doch das lasse ich mal so stehen. Meine Kleine muss heute ohne ihre Mum auskommen. Mir ist weder zum Geschichten erzählen noch für sonst irgendwas zumute.

$\mathcal{D}$as Handy klingelt, mit zittrigen Fingern packe ich dieses Ding, in der Hoffnung Herrn Jakobs am Apparat zu haben. Fast enttäuscht sehe ich den Namen meines Mannes darauf. Hat er was mit Julia oder nicht, geht es mir wieder durch den Kopf. Ich glaube, ich werde langsam wahnsinnig, schüttle kräftig den Kopf und nehme ab.

»Hallo«, krächze ich in den Hörer.

»Oh, dir geht es noch immer nicht gut, Schatz«, stellt Jeff fest. »Soll ich einen Arzt rufen?«, fragt er mich.

»Nein, alles gut. So schlimm ist es nun wirklich nicht. Ich habe nur eine Magenverstimmung.« Was der Wahrheit entspricht. Hat er nun was mit ihr? Schwirrt es mir schon wieder durch den Kopf.

»Gut, dann schlaf weiter. Ich kann dir auch was aus der Apotheke holen«, bietet er mir an. Auch das lehne ich ab.

»In ein, zwei Tagen bin ich wieder auf den Beinen, ich brauche jetzt einfach nur Ruhe.« Und keiner ahnt warum, oder doch?

Ich drehe mich dermaßen im Kreis, dass mir schon davon wieder übel wird. Hoffentlich ruft mich Herr Jakobs endlich an, ich muss wissen, was hier vor sich geht, bevor ich wirklich noch durchdrehe.

Jeff hängt wieder auf und ich bin erleichtert. Ich fühle mich so machtlos. Tue ich ihm jetzt Unrecht, und es läuft gar nichts zwischen den beiden? Aber warum hat sich Julia dann an Jeff herangemacht, und jetzt sollte auf einmal nichts mehr sein? Eine Frau, die abgewiesen wird, nimmt das grundsätzlich nicht einfach so hin. Entweder sie versucht es weiter, oder es läuft in Eifersucht und Hass über. Das kann ich aber absolut nicht von ihr behaupten.

Meine Gefühle spielen Achterbahn mit mir. In dem Moment klingelt das Telefon. Herr Jakobs, endlich, vor lauter Aufregung treffe ich nicht einmal den grünen Button. Jetzt werde ich auch noch fahrig. Tief durchatmen, Melissa, muss ich mich schon zum xtenmal beruhigen.

»Ja, hier Melissa Bergstein«, melde ich mich.

»Guten Tag Melissa, du hast versucht, mich zu erreichen. Schön von dir zu hören«, antwortet er.

»Stimmt, ich will auch gleich zur Sache kommen«, und erzähle ihm die ganze Geschichte. Am anderen Ende ist Funkstille.

»Herr Jakobs, sind Sie noch dran?«

»Ja, ja Melissa, ich bin noch da. Am besten treffen wir uns hier bei mir im Büro. Kannst du morgen Vormittag um neun Uhr hier sein?«

»Ja, das kann ich, danke Herr Jakobs, dass Sie mir so schnell einen Termin geben. Dann bis Morgen«, und ich lege auf. Gedankenversunken starre ich das Handy an und spüre genau, dass nichts mehr so sein wird wie bisher.

$\mathcal{M}$eine schweißnassen Hände zwischen die Knie geklemmt und mit nervös wippenden Füssen, sitze ich in einem pompösen Ledersessel und starre Herrn Jakobs an. Die Luft ist stickig, zumindest kommt es mir so vor.

Kälteschauer und Hitzeschübe durchströmen abwechselnd meinen Körper. Gerda, meine Pflegemutter, hält mir den linken Arm. Ich bin so froh, dass sie mich begleitet. Was erwartet mich hier, warum tun alle so geheimnisvoll? Bin ich vielleicht gar nicht die Tochter meiner verstorbenen Eltern, oder gibt es sonst ein schreckliches Geheimnis in unserer Familie?

»Liebe Melissa«, beginnt Herr Jakobs dann endlich. Da ich noch ein Kind war, als er meine Fürsorge übernahm, ist er seinerseits immer beim Du geblieben, während ich ihn sieze. »Es war der Wunsch deines Vaters, dir diesen Brief nur dann auszuhändigen, wenn du danach fragst. Der Zeitpunkt ist gekommen, hier Melissa.« Er überreicht mir einen vergilbten Umschlag worauf, *Für meinen kleinen Engel Melissa*, stand. In dem Moment kommen mir die Tränen. So nannte mich mein Dad immer ›mein kleiner Engel‹.

Den Brief mit beiden Händen haltend, kommen Bilder von meiner Kindheit hoch. Wir waren doch so glücklich, bis uns das Schicksal auseinanderriss. Ich merke nicht mal, dass der Brief meine Tränen aufsaugt, als wolle er das kostbare Nass bewahren. Tränen der Trauer, des Glücks, des Grolles und der Angst, was wohl darin stehen wird.

Ich weigere mich, den Brief zu öffnen. Wäre es besser, ihn zu zerreißen? Alles so lassen wie es ist, oder war! Zu spät, ich weiß schon zu viel, als dass ich noch zurück kann. Mit zittrigen Fingern reiße ich den Umschlag langsam auf. Wie in Zeitlupe nehme ich den Briefbogen heraus und falte ihn auf.

Liebe Missi,

Wenn du diesen Brief liest, wirst du bestimmt erwachsen sein, vielleicht verheiratet sein und Kinder haben. Du wolltest immer Kinder, eine ganze Fußballmannschaft ist dein Traum gewesen. Nun, meine Kleine, oder wahrscheinlich eben schon meine Große, ich habe gehofft, dass du dieses Schreiben nie erhalten wirst, und dass du in deinem kindlichen Glauben hättest bleiben dürfen. Ich weiß, von mir hattest du keine gute Meinung, aber ich konnte nicht anders, ich konnte dir nicht mehr in die Augen sehen. Ich musste mit meinem Leid allein zurechtkommen. Ich wusste, dass du bei den Zbindens gut aufgehoben warst, und dass du da eine gute Zukunft haben würdest.

Du musst jetzt stark sein, aber aus irgendeinem Grund, ist es heute notwendig, dass du die ganze Wahrheit erfahren wirst.

In dem Moment lege ich das Blatt nieder, und schaue zum Fenster raus. Wenn du jetzt weiter liest, dann wirst du deine

Geschichte neu schreiben müssen, sind meine Gedanken, so, als würde mir das jemand zuflüstern. Meine Tränen rollen unaufhaltsam über die Wangen, ich mag sie nicht einmal abwischen, ich lasse ihnen freien Lauf. Es fühlt sich befreiend an, und doch ist ein beklemmendes Gefühl da.

»Alles in Ordnung, Melissa?«, fragt mich Gerda besorgt. »Soll ich ihn dir weiter vorlesen?«, macht sie den Vorschlag. Ich schüttle nur den Kopf.

»Geht schon wieder«, und schaue sie mit einem Lächeln bestätigend an.

Du hattest sicherlich mitbekommen, dass Mum und ich eine Krise durchmachten.

Ich kann mich nicht erinnern, dass es so war, oder wollte ich es nicht mehr wissen? Unsere Familie war doch immer intakt gewesen. Zumindest hatte ich es so in Erinnerung. Mir ist, als ob eine Mauer einbricht, eine Mauer, die ich mühsam aufgebaut hatte. Wie Schuppen fällt es mir von den Augen. Es war nicht mehr die heile Welt; Mum und Dad stritten sich fast jeden Abend. Sie dachten wohl, ich schliefe bereits. Mit meinem Kopfkissen hielt ich mir die Ohren zu und sang unentwegt Lieder, bis es unten ruhig wurde. Ich redete mir ein, alles ist gut, sie sprechen nur ein bisschen lauter miteinander als gewohnt.

Meine heile Kinderwelt fängt jetzt langsam an, in sich zusammenzubrechen. Mit zittrigen Händen und Tränen verschmiertem Blick, wende ich mich wieder Dads Bekenntnis zu.

Mum war sehr beschäftigt und ständig für ihre Firma unterwegs, was keine Entschuldigung sein soll. Doch fühlte ich mich allein gelassen und fand Trost bei einer Arbeitskollegin. Mit ihr konnte ich reden, wir konnten zusammen lachen und verbrachten viele schöne Stunden gemeinsam. Bis es eines Tages dann geschah, ein einziges Mal, ich schwöre es. Ich bin schwach geworden, und es tat mir nachträglich unsagbar leid. Ich liebte deine Mutter, da war kein Platz für eine andere Frau. Sofort beendete ich diese Beziehung, womit Maria, so hieß die Frau, nicht zurechtkam. Sie erhoffte sich eine Zukunft mit mir. Ich wollte jedoch nichts weiter von ihr, es war eine schöne Freundschaft gewesen, die durch dieses eine Mal auch zerstört wurde.

Maria flehte mich an, mich zu ihr zu bekennen. Das tat ich nicht, so erzählte sie deiner Mum alles. Das war dann auch der Grund der vielen Streitereien. Ich beichtete ihr alles und versicherte ihr auch, dass es nur ein Ausrutscher war und ich gar nicht mehr von Maria wollte. Ich hielt ihr auch vor, dass unsere Ehe kaum noch beziehungsfähig wäre und ich liebend gerne mehr Zeit mit ihr verbringen würde. Nur deswegen habe er mit Maria eine rein platonische Freundschaft begonnen, außer eben das eine Mal.

Maria ließ nicht locker und wollte mich mit allen Mitteln zurück. Ich blieb jedoch bei euch zwei, etwas anderes kam für mich nicht in Frage. Nicht zu ertragen war, dass unsere Ehe nun einen Riss bekommen hatte, der nur schwer zu kitten war. Deine Mum konnte mir nicht mehr vertrauen, was ich schmerzlich ertragen musste. Ich versuchte alles nur erdenkliche, ihr Vertrauen wieder zurückzugewinnen. Und dann geschah das Schreckliche.

Mir bleibt der Atem weg. Es ist schon fast unerträglich, zu

lesen, wie meine Vergangenheit eben umgeschrieben wird. Was jetzt noch kommen wird, möchte ich – glaube ich – gar nicht mehr wissen.

Und doch, lese ich nicht weiter, wird immer ein Fragezeichen dastehen. Außerdem ist es mir wichtig zu erfahren, was es mit Julia auf sich hat. Denn sie ist ja der ausschlaggebende Punkt.

Auf einmal wird mir wieder heiß. Ich rechne nach, ich war da zehneinhalb Jahre alt, mit meinen nun siebenunddreissig wäre die.....

»Melissa, alles gut?«, unterbricht Gerda meine Gedanken. Erschrocken schaue ich sie an. Mir kommt es vor, als würde ich in die Realität zurück katapultiert.

»Äh, ja, alles gut, oder auch nicht, die Differenz wäre sechsundzwanzigeinhalb Jahre, Julia ist ca. sechsundzwanzig«, spreche ich meine Gedanken laut aus. Gerda und Herr Jakobs schauen mich beide mit fragenden Augen an.

»Ich meine, also, äh, wenn Dad, dann.....«

Und jetzt brauche ich die Gewissheit. Meine Tränen sind versiegt, ich will die Wahrheit wissen.

Maria hatte mir einen Brief geschrieben, Mum hat ihn entgegengenommen und ihr Misstrauen muss sie dazu gebracht haben, ihn zu lesen.

Maria war schwanger und als Beweis, lag ein Ultraschallfoto des Babys bei. Das hatte dann einen handfesten Streit zur Folge. Was ich aus ihrer Sicht vollkommen verstehen konnte. Ich war ja auch total unter Schock und hatte keine Ahnung wie weiter.

Mum hatte ein grosses Ansehen in ihrer Firma und war ein Vorbild für viele. Die Scham und das Gerede, das auf sie zukommen würde, belastete sie weit mehr, als ich angenommen hatte. Sie war sonst immer so stark. Die ganze Karriere, der Status, den sie sich so hart erarbeitet hatte, war ihr ein und alles. Dies drohte nun zusammenzubrechen.

Wir stritten die ganze Nacht. Ich versuchte, ihr klar zu machen, dass wir das miteinander, auch für Dich Melissa, schaffen würden. Sie sprach aber nur von ihrer Karriere, und dass sie dies niemals überleben würde.

Wie ernst sie es damit meinte, wurde mir am nächsten Tag erst klar.

Wir hatten an diesem Morgen verschlafen. Ich war vor euch zur Arbeit gefahren und Mum wollte dich zur Schule bringen, da der Bus bereits weg war. Sie hinterließ mir eine Nachricht. Dieses Schreiben liegt hier bei.

Ich schaue im Briefumschlag nach und finde da einen Zettel, der mit einer zittrigen Handschrift geschrieben wurde:

Nils, ich hätte dir vielleicht eines Tages verziehen, so aber, ist es mir unmöglich. Ich kann und will mit dieser Schmach nicht weiterleben. Ich bitte dich nur noch um eines, sorge dich gut um Missi.

Mir fällt der Zettel aus der Hand. Eine komische Leere macht sich in meinem Kopf breit, ein Rauschen.....

»Missi....., Missi.....! Hörst du mich?« Wie durch Watte nehme ich eine Stimme wahr.

»Was ist denn, wo bin ich?« Langsam öffne ich die

Augen und versuche den Kopf zu heben. »Was mache ich hier?« Ich sehe mich auf einem ledernen Sofa liegen, die Beine auf dessen Lehne hochgelagert.

Ich brauche eine Weile, um zu begreifen, was los ist. Der Brief, mir ist übel. Stück für Stück setzt sich die Erinnerung wie ein Puzzle zu einem Ganzen zusammen.

Dad, Mum? Es war gar kein Unfall! Ein Weinkrampf überfällt mich. Gerda versucht, mich zu trösten.

»Was, um Gottes willen, ist so Schlimmes passiert, Missi?« Ich kann ihr nicht einmal antworten, Weinkrämpfe schütteln mich immer wieder. Keine Ahnung, wie lange ich schon daliege, die Beine nun hochgezogen und mit meinen Armen umklammert. Ich komme mir vor wie ein geprügeltes Kind, das sich versucht zu verstecken. Ich will meine Ruhe, nichts sehen, nichts hören, und vor allem nichts lesen.

Wie durch einen Nebel nehme ich eine Gestalt wahr, die an meinem Arm rumfummelt. Ich bin so schwach; lasst mich in Ruhe, ich will einfach nur schlafen. Ein stechender Schmerz in meiner rechten Armkehle und ein wohliger Schlummer zieht über mich.

»*W*o bin ich?« Meine Lippen fühlen sich unbeweglich an.

»Mamma ist wach«, jubelt jemand.

Mamma, geht es mir durch den Kopf. Krampfhaft versuche ich mich zu erinnern.

»Hallo, mein Schatz, wie fühlst du dich?«, sehe ich eine männliche Gestalt über mich gebeugt, und mir in die Augen schauend.

»Was ist hier los, wo bin ich?« Meine Kehle ist ausgetrocknet, meine Zunge schwer. Die Worte der anderen kommen von weit her, wie durch einen Wattebausch. Meine Augen können die Bilder nicht so recht fassen; ich sehe Menschen, dazwischen ein Kind das vor Freude springt und in die Hände klatscht, über das Gesicht ein Lachen der Freude. Mühsam versuche ich, mit Unterstützung der Ellbogen, mich aufzurichten. Was kläglich scheitert. Ich bin so müde.....

Langsam komme ich wieder zu mir. Es ist dunkel im Zimmer, nur das schwache Licht einer Wandleuchte lässt erkennen, dass ich mich in einem Krankenhaus befinde.

Mein Erinnerungsvermögen ist gleich null, was ist geschehen? Schmerzen habe ich keine, außer einem dumpfen Pochen im Kopf. Ein Pflaster klebt auf meiner Stirn, ansonsten scheint alles in Ordnung zu sein. Geschwächt betätige ich den Rufknopf.

Kurze Zeit später erscheint eine in weiß gekleidete Krankenschwester mittleren Alters, ihr blondes Haar zu einem Rossschwanz gebunden.

»Guten Morgen Frau Bergstein, wie geht es Ihnen?«, fragt sie freundlich.

»Ich denke gut, aber was ist denn passiert?«, will ich von ihr wissen.

»Sie wurden ohnmächtig und sind mit dem Kopf auf eine Tischkante gefallen. Eingeliefert wurden Sie mit Verdacht auf einen Schock, können Sie sich erinnern?«, fragt sie mich.

Ich muss mal erst meine Gedanken ordnen, und versuche mich überhaupt zu erinnern. Auf eine Tischkante gefallen, und ich wurde ohnmächtig?

»Wissen Sie denn wo das passiert ist?«, schaue ich die Krankenschwester fragend an. Ich sah nur ein grosses, schwarzes Loch vor mir, konnte mich an überhaupt nichts mehr erinnern.

»So viel ich weiß, waren Sie bei einem Anwalt, und ihre Mutter hat Sie hierher begleitet.« Ist alles, worüber sie Bescheid weiß.

»Anwalt«, wiederhole ich mehr zu mir als zu ihr. Schemenhaft sehe ich wieder den Raum mit den Ledersesseln und dem schweren Schreibtisch. Und dann der vergilbte

Brief, den ich in den Händen halte, und der meine Tränen auffängt. Langsam erinnere ich mich wieder an alles.

Die Schwester dreht an der Infusion, die in meinen linken Arm fließt.

»Ich hole Ihnen etwas zu trinken, Frau Bergstein«, sagt sie und geht los.

Der Brief, mein Vater, Mutter, alles ist wieder da. Eine Schwere breitet sich in meinem Brustkorb aus. Die Erkenntnis, dass Mutter sich ziemlich sicher das Leben genommen hatte, drückt auf mein Herz. Wie konnte sie mich einfach alleine zurücklassen, ohne an die Konsequenzen zu denken? Sicher, sie hat Dad gebeten, sich um mich zu kümmern, was kläglich scheiterte.

Da kommt nochmals eine Welle der Wut und Unverständnis über mich. Dabei hatte ich mit diesem Kapitel abgeschlossen. Und jetzt fängt alles von vorne an.

Die Schwester betritt das Zimmer mit einer Kanne Tee und einem Glas, schenkt mir ein und hilft mir aufzusitzen. Immer noch ein wenig benommen nehme ich das Glas in beide Hände und nehme einen Schluck daraus.

Es tut so gut zu spüren, wie das lauwarme Nass mir die Kehle runter fließt. Ich habe das Gefühl, als würde ich mit jedem Schluck ein bisschen mehr zurück in meinen Körper kommen. Erst jetzt wird mir bewusst, dass ich vollkommen neben mir stand, oder lag. Mit einem dankbaren Blick reiche ich Manuela, das steht auf ihrem Schild, das Glas wieder, und lege mich zurück auf mein Kissen.

»Wie viel Uhr haben wir denn?«

»Es ist gleich sieben Uhr dreissig«. Ein liebevolles Lächeln huscht über ihr Gesicht. Meine Augen sind schon wieder so schwer.....

Die Sonne kitzelt mich, mit einem Blinzeln versuche ich die Augen zu öffnen. Neben mir erkenne ich wieder Manuela.

»Einen schönen, guten Tag, Sie sehen schon viel besser aus«, lobt sie mich.

Mit einem schiefen Lächeln bedanke ich mich.

»Was haben wir denn überhaupt für einen Tag?«, will ich von ihr wissen.

»Es ist Freitag, Sie sind seit zwei Tagen hier. Nun wollen wir doch mal sehen, ob Sie was essen mögen. Ihr Magen knurrt bestimmt«, lächelt sie mich an und holt mir mein Mittagessen.

»Haben wir denn schon Mittag?«, frage ich.

»Es ist elf Uhr dreissig; der Doktor wird in etwa einer halben Stunde vorbeikommen«, erklärt sie mir und verlässt den Raum.

Mühsam versuche ich, ein paar Bissen runter zu bekommen, den Rest schiebe ich zur Seite.

Ich lasse den Besuch bei Herrn Jakobs nochmals Revue passieren. Es nimmt mich noch immer mit, und ein paar Tränen kullern mir wieder über die Wangen.

»Guten Tag, Frau Bergstein, wie geht es Ihnen denn heute«, will der Doktor von mir wissen.

»Soweit so gut, ein bisschen schwach noch, doch das wird schon wieder.« Ich versuche aufzusitzen, halte aber abrupt inne, ein stechender Schmerz durchzieht meinen Kopf. Instinktiv halte ich meine Hand auf die Stirn, wo noch immer das Pflaster klebt. Der Arzt kommt mir zur Hilfe und legt mich wieder zurück aufs Kissen.

»Sie haben sich beim Sturz auf die Tischkante eine leichte Hirnerschütterung zugezogen. Das wird schon wieder. Im Moment brauchen Sie einfach viel Ruhe. Schauen Sie, dass Sie bei der Verarbeitung ihrer Geschichte Hilfe bekommen. Durch die Erkenntnis haben Sie einen leichten Schock erlitten«, erklärt mir der Arzt.

Mit einem Kopfnicken bedanke ich mich bei ihm.

In dem Moment geht die Tür auf und all meine Lieben kommen herein. Allen voran Belinda, die schluchzend auf mein Bett hüpft und ihre Arme ganz fest um mich klammert.

»Alles ist gut, Bella, Mum ist wieder fast ok«, versuche ich sie zu beruhigen.

»Mum, ich hatte solche Angst, als du einfach so dalagst. Und als du dann, nachdem du einmal aufgewacht warst, gleich wieder weggingst, hatte ich Angst, du stirbst«, schluchzt mein Engel. Ich drücke sie fest an mich und auch mir kommen die Tränen.

»Alles ist gut mein Schatz, Mum ist wieder da, und ich verspreche dir, so schnell gehe ich nicht wieder so weit weg.« Ihr engelhaftes Gesicht, von Tränen verschmiert, mit den wirren Locken, die ihr kreuz und quer ins Gesicht fallen, und dem schniefenden, roten Näschen, sieht sie so zerbrechlich aus. Ich ordne mit meinen Händen ihre Haare und streiche sie ihr aus dem Gesicht. Ihre blassen Wangen in meinen Händen haltend, schaue ich direkt in die, voll Tränen gefüllten, schimmernden Augen.

»Das verspreche ich dir, Bella.« Sie versucht, mit dem Kopf zu nicken, was ihr aber misslingt, da ich ihr Gesicht noch immer fest in meinen Händen halte. Sie streckt ihre Arme aus und wir umarmen uns noch einmal gaaaanz fest.

Durch meinen Tränenschimmer erkenne ich jetzt auch Tim, der einfach da steht, den Blick gesenkt und sich nicht getraut, irgendwas zu sagen, geschweige denn zu tun. Ich strecke meine linke Hand nach ihm aus. Ein Lächeln huscht über sein Gesicht, und mit einem Satz liegt er auf dem Bett. Glücklich ziehe ich ihn an mich. Fest halte ich beide in meinen Armen und würde sie am liebsten gar nicht mehr loslassen. Jetzt kommt auch die Erinnerung wieder zurück. Schmerzlich presse ich meine Lippen zusammen und versuche ruhig zu bleiben.

Jeff kommt dazu und will uns alle umarmen. Er merkt, wie ich zurückschrecke, und lässt sofort von seinem Vorhaben ab. Er schaut mich verdutzt an. Auch die Kinder lassen mich los und schauen mich unverständlich an.

Ich gehe davon aus, dass Jeff erfahren hat, was alles im Büro von Herrn Jakobs vorgefallen ist, und er hat bestimmt auch Kenntnis des Briefes. Ich muss ihn mit solch einem durchdringenden Blick angeschaut haben, denn sogleich bittet er Gerda, die ich noch gar nicht wahrgenommen habe, Tim und Belinda mal kurz nach draußen zu begleiten. Mum und Dad hätten etwas Dringendes zu besprechen.

»Melissa«, beginnt er.

»Hast du etwas mit Julia oder nicht?«, unterbreche ich ihn halb wütend, halb ängstlich.

»Ich muss es wissen, hier und jetzt.«

»Melissa«, beginnt er nochmal.

»Hast du oder nicht?«, lasse ich nicht locker.

»Nein«, sagt er mit Nachdruck. »Es läuft nichts zwischen Julia und mir. In der Zwischenzeit wo du hier im Krankenhaus lagst, hat sich so einiges getan. Ich wurde sofort von Gerda benachrichtigt, als man dich hierher fuhr. Erst hier, als ich Gerda traf, erzählte sie mir die ganze Geschichte. Ich war dermaßen schockiert und wollte gleich reinen Tisch machen. Julia war zu Hause bei den Kindern, worum ich sie zuvor gebeten hatte, da ich ja nicht wusste, was mich hier erwarten würde.

Mir war nun auch klar, dass du die ganze Zeit nach Peters Aussage glauben musstest, dass ich etwas mit Julia haben könnte. Es stimmt, sie hat versucht, mich zu verführen, aber auch nur das eine Mal. Ich hatte ihr da unmissverständlich klar gemacht, dass niemand auch nur die geringste Chance hätte, sich zwischen dich und mich zu stellen. Sie hat auch nie wieder versucht, sich an mich ranzumachen. Also ließ ich es einfach so stehen, zumal ich ja auch sah, wie sehr du sie mochtest. Ich tat dies als einen schwachen Moment ihrerseits ab, und gut war.

Du musst mir glauben, Missi, ich liebe nur dich. Und da Julia auch nie wieder Anstalten machte, mich zu verführen, konnte sogar ich ein freundschaftliches Verhältnis zu ihr aufbauen.« Um Verständnis bittend schaut er mich an.

Ich bin im Moment zu keiner Regung fähig. Meine Gedanken kreisen noch immer um Julia und Jeff; es läuft also doch nichts zwischen ihnen. Da redete er weiter:

»Wie gesagt, ich wollte gleich los, um die Angelegenheit

sofort zu klären, da hielt Gerda mich zurück. Sie drückte mir einen Brief in die Hände, und sagte, ich solle das erst lesen. Ich setzte mich hin, und Gerda neben mich. Sie hatte ihn bereits durchgelesen, bezweifelte jedoch, dass du Melissa, ihn bis zum Ende gelesen hattest. Denn auf der Rückseite stand noch mehr, und die hättest du nicht gesehen, da du dann in Ohnmacht gefallen warst.

Ich las den Brief und auch mir wurde unwohl dabei. Es tat mir so leid für dich. Aber anhand der Kenntnis, dass du den Brief nicht ganz gelesen hattest, wusste ich auch, dass dir noch etwas vorenthalten blieb.«

»Melissa, ich mache es kurz, Julia.....« Mein Blick geht zur Decke und ich fahre ihm dazwischen.

»Und du hast und hattest wirklich nichts mit ihr?«, frage ich ins Leere, irgendwie erleichtert. Eine riesen Anspannung, die mir erst jetzt in diesem Ausmaß klar wird, fällt von mir ab. Die letzten Worte von Jeff sind mehr oder weniger an mir vorbei gesaust.

»Nein«, sagt Jeff nochmals klar und deutlich. »Ich schwöre es, und Julia wird es bestätigen«, versichert er mir.

»Julia! Julia ist mir jetzt grad im Moment sowas von egal Jeff, die Angst, ich könnte dich verlieren, war das Schlimmste nebst allem anderen. Ich liebe dich so sehr, und das ist mir in diesen Tagen noch bewusster geworden. Ich liebe dich, Jeff, egal was in dem Brief noch alles drin steht, das Jetzt ist wichtig.«

Ich kann ihn jetzt aus vollem Herzen, und mit einem noch nie so intensiv gekannten Gefühl der Verbundenheit, wahrnehmen und umarmen. Mir laufen die Tränen wie

Bäche hinunter, und zwischen einem Lachen und Schluchzen schauen wir uns tief in die Augen. Nichts und niemand kann uns trennen. Mit einem innigen Kuss besiegeln wir unseren Bund schweigend.

»Ich weiß jetzt nicht, was alles noch auf mich zukommen wird. Aber eines ist schon sicher, es hat mir mehr gebracht als geschadet, auch wenn ich jetzt noch einiges aufarbeiten und bereinigen muss.«

Jeff hält mein Gesicht in seinen Händen, schaut mir nochmals tief in die Augen, und sagt:

»Ich habe dich immer geliebt Missi, und ich werde es immer tun, egal was war und was kommt.« Mit einem Kuss auf meine Stirn lässt er mich los. In dem Moment piepst eine Kinderstimme:

»Mum, darf ich jetzt endlich reinkommen?« Belinda lehnt sich an die offene Tür und hält sich mit der anderen Hand am Türrahmen fest. Gerda will sie gerade zurückziehen, da ruft Jeff:

»Schon gut, Gerda«, und er lässt unsere Rasselbande samt Großmutter wieder rein.

Jeff versichert ihnen, dass alles wieder gut sei, und da lässt es sich Bella natürlich nicht nehmen, sofort aufs Bett zu springen und mich zu herzigen.

»Mum, Mirabella würde jetzt sagen, so wie es ist, ist es gut«, altklug wie mein Mädel ist.

»Und daraus machen wir das Beste«, lege ich schmunzelnd hinzu. Sie kuschelt sich an meine linke Schulter und fordert Tim auf, es sich an der anderen bequem zu machen. Ich strecke ihm den Arm entgegen.

»Hallo Gerda«, grüße ich meine Pflegemutter.

»Na endlich«, schmunzelt sie, »dachte schon, ich sei Luft hier drinnen«, tadelt sie mich.

»Entschuldige Mum«, und sehe sie liebevoll an. Ich danke ihr für die tolle Unterstützung und die Hilfe, die sie uns zuteil kommen lässt.

»Mum«, Bella hebt ihren Kopf und schaut mich jetzt an. »Darf unsere Tante Julia nun für immer bei uns bleiben?«

Das kommt jetzt doch ein bisschen überraschend. Jeff greift ein:

»Bella, ich denke wir werden da schon noch eine Lösung finden, erst müssen wir jedoch ein paar Sachen klären. Bis dahin bleibt Tante Julia bei ihrem neuen Freund. Und vielleicht will sie ja auch da bleiben«, erklärt Jeff.

»Dürfen wir sie denn nie mehr sehen?« Und wieder füllen sich ihre großen, grünen Augen mit Tränen.

»Mum, du hast gesagt, wir machen das Beste daraus, Julia ist auch das Beste.«

In dem Moment wird mir klar, wie sehr Julia uns allen ans Herz gewachsen ist. Ihr Herz spricht keine Lügen. Egal, was ihre Beweggründe waren uns Leid zuzufügen, dieser Hass muss sich in Liebe umgewandelt haben. Und laut sage ich dann:

»Liebe weisen wir grundsätzlich nicht zurück. Julia gehört zu uns, egal was war.«

Ich habe das Gefühl, dass mein Herz sich wie ein Ballon aufbläst, gefüllt mit Freude, Licht, Liebe und ich weiß nicht was noch allem.

Was hat Bella gesagt, Tante Julia?? So haben wir sie noch

nie genannt. Gedanken wirbeln mir durch den Kopf; der Brief....., das Kind der Geliebten meines Vaters....., war das.....? Ein Schauer der Freude aber auch der Angst, lief mir über den Rücken. Angst, dass ich mich irren könnte.

»Jeff«, ich schaue ihn durchdringend an, »habe ich eine Schwester?« Will ich jetzt von ihm wissen. Mit schräg gelegtem Kopf und zusammengepressten Lippen, nickt er und berichtigt gleich darauf:

»Nur eine Halbe.« Ich fühle, wie sich eine angenehme Wärme um mein Herz legt und sage zu den Kindern:

»Hey, wisst ihr was?« Beide schauen mich an und schütteln den Kopf, in ihren Augen erscheinen große Fragezeichen. »Ihr habt ab sofort eine schriftlich bestätigte und amtlich beglaubigte Tante.« Die Fragezeichen werden noch größer. Jetzt müssen wir Erwachsenen lachen. »Ihr habt ab sofort eine Tante....., Julia ist eure Tante«, erkläre ich es ein bisschen verständlicher.

»Aber das wissen wir doch schon«, tönt es im Chor.

»Ja klar, ich bin mal wieder die Letzte, die das erfährt«, sage ich schmunzelnd und drücke meine Kids fest an mich.

»Das wollte ich dir doch vorhin verklickern, Melissa, aber du.....«

»Ja, Jeff, tut mir leid, aber da ist mir ein derart grosser Felsen vom Herz gefallen, ich konnte gar nichts anderes mehr wahrnehmen«, entschuldige ich mich.

Es klopft und der Arzt schaut durch die, einen spaltbreit geöffnete, Tür.

»Störe ich, oder dürfte ich meine Arztvisite noch zu Ende bringen?« Seine Augenbrauen hochgezogen und den

Kopf zur Seite geneigt, steht er da und wartet auf eine Antwort.

»Klar doch, kommen Sie bitte herein«, fordert Jeff ihn auf und Gerda fügt schuldbewusst hinzu:

»Entschuldigen Sie Herr Doktor, dass wir uns so unhöflich benommen haben.« Dabei hatten wir gar nicht bemerkt, dass er sich sang und klanglos davon geschlichen hatte.

»Ich war der Meinung, dass das was eben vorgefallen ist, zu Ihrer Genesung beitragen würde, daher habe ich mich vom Acker gemacht.« Er macht die Geste, so ist es halt, und fährt fort: »Wie ich sehen und beurteilen kann, hatte ich gar nicht so unrecht. Es ist höchste Zeit für Sie, das Krankenhaus zu verlassen. Die Diagnose von Herzschmerz korrigieren wir auf Herzfreude und bitten Sie, ihre Sachen zu packen und dieses Mal, können Sie sich vom Acker machen.« So einen Arzt habe ich noch nie erlebt. Wir lachen alle aus vollem Herzen.

»Jawohl, Herr Doktor, wir werden uns unverzüglich vom Acker machen.« Nimmt Jeff den Befehl vom Doc ernst. Zum Dank drückt mein Mann ihm die Hand. Auch von mir und Gerda verabschiedet sich der Doktor händedrückend und geht nicht, ohne den Wuschelköpfen ihr Haar zu strubbeln.

»Jetzt haben wir noch eine wichtige Mission zu erledigen«, sagt Jeff geheimnisvoll. Mir ist schon klar, um was es sich handelt, die Kinder aber sind voller Neugier und wollen Bescheid wissen.

»Wir müssen doch Tante Julia einfangen, bevor sie uns

noch durch die Lappen geht«, erklärt er ihnen weiter. Das lassen sie sich nicht zweimal sagen.

$\mathcal{B}$elinda und Tim fahren mit Großmutter Gerda mit. Jeff will mir noch erzählen, was alles vorgefallen war, nachdem ich das Bewusstsein verloren hatte. Belinda quengelt erst, akzeptiert dann aber, dass Mum und Dad noch einiges zu besprechen haben.

Jeff reicht mir den Brief, damit ich ihn zu Ende lesen kann. Teile davon sind durch meine Tränen verschmiert. Ich fange nochmals von vorne an, auch zur Bestätigung, dass das was ich schon gelesen hatte, auch Wirklichkeit ist. Als ich zu dem Punkt kam, wo Vater mich auffordert, den Zettel von Mum zu lesen, wird mir wieder mulmig. Den lasse ich aus, und gehe gleich zum nächsten über.

Ich wurde von zwei Polizisten im Büro besucht. Dass das nichts Gutes zu bedeuten hatte, war mir sofort klar. Sie kamen auch gleich zur Sache und übermittelten mir, dass deine Mum einen Autounfall hatte, und noch an der Unfallstelle verstarb. Ich merkte noch, wie mir die Farbe aus dem Gesicht entwich, und bin ohnmächtig geworden. Als ich wieder zu mir kam, ging mein erster Gedanke an dich Melissa; wie sollte ich es dir sagen? Zu diesem Zeitpunkt dachte ich auch

noch, dass es ein Unfall war; verursacht durch den Regen, aber sicher-
lich auch durch die überhöhte Geschwindigkeit und dem Stress, in dem
wir uns beide befanden.

Am Abend wurde ich eines Besseren belehrt. Als alles soweit ge-
regelt war und ich dich von der Schule abholen konnte, fuhren wir
nach Hause. Als du dich sofort ins Zimmer zurückgezogen hattest,
um alleine zu sein, setzte ich mich unten mit einem Whisky an den
Tisch. Erst da sah ich den Zettel, der durch eine Kerze beschwert war.
Nichts Schlechtes ahnend, nahm ich ihn und las.....

Jetzt erst wurde mir das Ausmaß der Situation bewusst. Wie ein
Donnerschwall überkamen mich Schuldgefühle. Ich hatte meine ge-
liebte Frau und die Mutter meiner Tochter, umgebracht.

Ich hatte sie mit meinem Fehltritt in den Tod getrieben.

Meine Tränen laufen mir wieder die Wangen runter, ich
lese nichts, dass ich nicht schon geahnt habe. Trotzdem
zerreißt es mir fast das Herz. Jetzt kann ich nachvollziehen,
welche Schuldgefühle Dad erdrückten.

Ich erzählte niemandem von dem Schreiben deiner Mum. Ich dachte,
es würde alles nur noch schlimmer machen. In dem Moment waren
meine Gedanken bei dir, Missi, du solltest deine Mum in guter Er-
innerung behalten. Ich würde schon irgendwie klarkommen. Doch das
schaffte ich nicht. Ich konnte dir nicht mehr in die Augen sehen vor
lauter Scham und Schuldgefühlen. Zur Arbeit schaffte ich es schon gar
nicht mehr, denn da war Maria. Sie ertrug ich nicht; gab ihr auch eine
Teilschuld am Tod von Mum. Die letzten Worte die Mum geschrie-
ben hatte, bewahrte ich all die Zeit, gut behütet auf.

Als man dich nach einem halben Jahr dann zu einer Pflegefamilie brachte, war ich froh. Nicht, dich los zu sein, sondern dich in guter Obhut zu wissen. Ich schaffte es nicht und konnte dir kein guter Vater mehr sein. Den letzten Wunsch deiner Mutter, gut für dich zu sorgen, konnte ich ihr nicht erfüllen. Aber zu wissen, dass jemand anders für dich sorgt, ließ das Leid ein bisschen lindern.

Maria hat ein Mädchen geboren, das Julia heißt. Ich habe sie nie gesehen, du sollst aber wissen, dass du eine Halbschwester hast.

Liebe Missi, mein Engel, ich liebe dich, und habe dich immer geliebt. Ich hoffe, dass du mir vielleicht eines Tages verzeihen kannst.

Ich werde diesen Brief deinem Vormund überreichen, mit der ausdrücklichen Bitte, ihn dir nur dann auszuhändigen, wenn du danach fragst. Und das hast du ja nun.

In ewiger Liebe dein Dad

»Ich habe dir bereits verziehen Dad, schon vor langer Zeit. Auch wenn diese Worte, die du mir nach so vielen Jahren schreibst, Spuren hinterlassen werden, so habe ich euch lieb. Außerdem hast du mir eine Schwester geschenkt, die wir jetzt aufsuchen werden«, sage ich laut und schaue dankbar zu Jeff.

»Da gibt es noch etwas, was du wissen musst«, will Jeff loswerden. »Als dein Vater starb, wurde sein Vermögen auf euch beide aufgeteilt. Du bekamst das Haus und Julia erhielt das ganze Barvermögen, eine beträchtliche Summe, das ihre Mutter für sie verwaltete. Herr Jakobs meinte, dass Maria das gesamte Vermögen verprasst hätte. Leider hatte sie die Vollmacht über das Geld. Dass sich dein Vater nicht zu ihr bekannte, enttäuschte sie zutiefst. Sie hat Julia Lügen über euch aufgetischt und deinen Vater als gemeinen Verräter hingestellt.

Julia selbst wusste nichts von dem Erbe und steigerte sich in einen Wahn voller Wut und Enttäuschung, zumal ihre Mutter sie auch noch anstachelte.

Von dir behauptete Maria, dass du alles wüsstest, aber kein Interesse daran hättest das Vermögen mit Julia zu teilen. Das war auch Julias Beweggrund, diese Intrige dir gegenüber zu starten.

Peter und ich haben uns gestern Julia zu Herzen genommen. Sie ist in sich zusammengebrochen und hat sofort alles gestanden.

Als ihre Mutter an gebrochenem Herzen starb, wuchs Julias Hass ins Unermessliche. Sie wollte nur noch Eines; Rache. Es war nicht schwer, alles über uns herauszufinden. Sie hatte sich aber bis dato zurückgehalten und auf einen geeigneten Zeitpunkt gewartet. Dann ergab sich das bei der Bank. Der Direktor war ihr noch einen Gefallen schuldig und stellte sie, nichts Böses ahnend, auf deren Wunsch als Mädchen für alles ein. Ihr Ziel war es tatsächlich, unsere Familie zu zerstören. Sie habe Mails an einige deiner Kollegen verschickt, die boshaft und intrigant waren, und das Schlimmste, von deinem PC aus. Weißt du etwas davon?«, fragt mich Jeff und schaut mich von der Seite an. Ich bin schockiert und Jeff spürt das.

»Also wusstest du davon?«, fragt er trotzdem nach.

»Oh ja, das war echt krass. Ich durfte absolut niemandem etwas davon sagen. In der Zeit war ich voller

Angst und Unsicherheit. Ich befürchtete, dass dieser jemand auch meiner Familie etwas antun könnte.

Da aber nichts mehr weiter geschah, beruhigte ich mich langsam wieder und dachte, dass vielleicht gar nicht ich der Absender sein sollte und durch einen blöden Zufall mein Account geknackt wurde. Es kursierten dann aber auch keine weiteren Mails mehr. Jetzt bin ich aber doch überrascht. Ich hätte das Julia niemals zugetraut. Und was hat Gered damit zu tun?«, schaue ich ihn fragend an.

»Das fragst du noch? Julia und Gered wurden relativ schnell ein Paar in der Firma. Das gehörte nicht zum Plan. Julia hatte sich tatsächlich in Gered verliebt, hat die Situation aber geschickt ausgenutzt und ihn heimlich in den Plan miteinbezogen. Kaltblütig hat sie Gered ausgenutzt, der kommt ja vom Fach. Ihm konnte sie entlocken, wie man einen Rechner knackt. Es war ihm in dem Moment nicht bewusst, was für einen Mist er dadurch auslösen würde. Anscheinend hat Julia ja auch nur das eine Mal deinen Rechner geknackt und die Mails innerhalb kurzer Zeit verschickt.«

»Ja, das stimmt, danach war Ruhe«, bestätige ich. »Es hat einige Zeit gedauert, bis man den Absender ausfindig machen konnte, und dann eben auf mich stieß. Da aber keine weiteren Mails in Umlauf kamen, wurde es, wahrscheinlich, unmöglich den wahren Täter zu entlarven.«

Jeff erzählt weiter:

»Dann war da die Inszenierung mitten in der Nacht, als sie uns dieses Schauspiel bot. Es war effektiv ein Schauspiel gewesen, und wir hatten es ihr voll abgekauft. Ihr Plan schien aufzugehen. Bis zu dem Punkt mich zu Verführen, der scheiterte.

Mit der Zeit fühlte sich Julia immer wohler in unserer Familie. Und jeder Tag, der verstrich, ließ ihren Hass mehr und mehr verblassen. Sie verliebte sich regelrecht in Tim und Belinda. Und du wurdest immer mehr zu ihrer geliebten Schwester.

Ihr wurde auch bewusst, dass ihre Mutter ihr nicht die ganze Wahrheit erzählt hatte. Mit gezielten Fragen bekam sie die Gewissheit, dass du keine Ahnung hattest, dass es da noch eine Halbschwester gab. Sie schämte sich, so ein Spiel mit uns getrieben zu haben.

Doch da war es bereits zu spät, ungeschoren aus dieser Affäre zu kommen. Wie sollte sie uns das beichten, ohne dass wir sie verbannen würden? Das hätte sie nicht ertragen, und schob das Geheimnis immer weiter hinaus. Gered, dem mittlerweile klar geworden war, für was für ein intrigantes Spiel Julia ihn benutzt hatte, war stinksauer. Er drängte sie dann, endlich reinen Tisch zu machen, zumal er auch sah, wie sehr sie darunter litt. Das war dann die Szene, die Peter mitbekommen hatte und dich daraufhin informierte. Den Rest kennst du ja.«

»Ich dachte schon, dass ich nicht so falsch liegen kann. Selbst Schauspieler haben Gefühle, und auf eine relativ lange Zeit, so gut vorzutäuschen....., obwohl sie schon verdammt gut war. Ich hatte nie und nimmer auch nur den leisesten Verdacht, dass Julia ein hinterhältiges Spiel mit uns treibt, oder trieb, darf ich jetzt wohl sagen! Aber danke Jeff, dass du und Peter das alles aufgedeckt habt. Nun kann ich einfach da weitermachen, wo wir vor drei Tagen aufgehört haben. Ich bin wieder glücklich und freue mich, meine kleine Schwester in den Arm zu nehmen«, sage ich mit einem Lächeln zu meinem Göttergatten.

»Jeff, kannst du mir verzeihen?«

»Was denn?« Mit einem schnellen Seitenblick zu mir gerichtet.

»Na, dass ich dich der Untreue verdächtigt habe.«

»Ahaaa, da hattest du ja auch allen Grund dazu, und das hast du ja auch nur, weil Peter dir das gesteckt hatte.«

»Du bist ihm aber bitte nicht böse, ja?«, flehe ich ihn an.

»Wie sollte ich auch, durch ihn hat sich ja das Rätsel gelöst. Und das Zückerchen; wir haben eine Tante, die unsere Rabauken von Herzen liebt, dazu bekommen«, lacht er mich an. »Und ganz ohne ist sie ja auch nicht«, fügt er verschmitzt hinzu.

»Hey«, rufe ich gespielt entsetzt und verpasse ihm einen Seitenhieb. Worauf er theatralisch zusammen zuckt und lacht. Ich lege mich wieder zurück in meinen Sitz. Ja, das stimmt, alles ist gut, wie es ist. Die Worte meiner Tochter.

Wir sind am Ziel angekommen, vor dem Haus von Gered parken wir unser Auto. Gerda macht mit den Kindern, wie vereinbart, einen kurzen Abstecher zur Eisdiele. Ich will Julia erst alleine sehen. Gered und Julia sind beide informiert und erwarten uns. Ich hoffe nicht, dass Julia kalte Füße bekommen hat und abgehauen ist. Ich muss sie doch so dringend in die Arme nehmen und knuddeln.

Jeff will den Aufzug nehmen. Ich lehne ab, die drei

Stockwerke schaffe ich schon noch. Obschon mir der Schädel vom Aufprall noch immer brummt. Vorfreude ist bekanntlich die schönste Freude und die genieße ich mit jedem Treppentritt, den ich der Wohnung näher komme. Außerdem brauche ich diese Zeit, um meine Gedanken nochmals zu ordnen.

Jeff drückt auf den Klingelknopf. Kurz danach öffnet Gered uns, wie in Zeitlupe, die Tür. Keiner spricht ein Wort. Wir schauen uns nur an. Ich glaube, in Gereds Gesicht Bedrücktheit zu erkennen, gehe jedoch an ihm vorbei in die Wohnung. Im Wohnzimmer steht sie, meine kleine Schwester, ich spüre ihre Nervosität förmlich. Noch drei Schritte und ich bleibe stehen, schaue sie so liebenswürdig wie nur möglich an, breite meine Arme aus und sage beiläufig, mit Tränen in den Augen:

»Na, will mich meine kleine Schwester denn nicht begrüßen?« Ihre Augen weiten sich, sie scheint nicht zu glauben, was sie gerade gehört hat. Starrt mich einfach an und fragt dann schüchtern:

»Du bist nicht böse auf mich?«

»Das weiß ich noch nicht«, antworte ich ihr ehrlich. »Das mit den Mails klären wir noch, aber im Moment will ich dich einfach nur in die Arme nehmen. Also mach schon und komm endlich her.« Das lässt sie sich kein drittes Mal sagen und stürmt regelrecht in meine Arme.

In einer Innigkeit stehen wir nur da und drücken uns. Dann umfasse ich mit meinen Händen, ihr vom Weinen verquollenes Gesicht. Mit Wimperntusche getränkte Tränen kullern ihr die Wangen hinunter und hinterlassen eine Spur der Verwüstung in ihrem wunderschönen Gesicht. Sie fallen auf ihre Bluse und erzeugen da einen dunklen Fleck. Wir lachen und weinen beide gleichzeitig vor Glück.

Wir haben uns so viel zu sagen, und Julia gibt mir ihr Versprechen, nie mehr zu lügen. Mitten in unserem Gespräch läutet es an der Tür.

»Wer kann denn das sein?«, fragt Julia.

»Ich denke, ich weiß es«, schmunzle ich. »Na kommt schon rein!«, rufe ich in Richtung Eingangstür. Das hat meine Rasselbande natürlich gehört, und sie stürmen, allen voran Tim, gefolgt von Belinda, herein. Vor uns bleiben sie stehen, schaffen sich kurz einen Überblick der Situation, und entschließen sich kurzerhand, Julia um den Hals zu springen. Diese fällt rücklings aufs Sofa und beide tollen auf ihr herum.

»Mum hat gesagt, dass du jetzt geschriftlich und geglaubigt unsere Tante bist«, sagt Belinda mit Überzeugung.

Diese Aussage entlockt uns ein herzhaftes Lachen, und wir bestätigen dies feierlich.

»Zeit für eine neue Geschichte«, ruft Belinda in den Garten.

Wir haben Spätsommer, und die Blätter unseres Mutschs verfärben sich langsam in einen wunderschönen, gelblichen Ton. Das Wetter ist erstaunlich mild zu dieser Jahreszeit, und wir haben es uns auf unserer Terrasse nochmals so richtig gemütlich gemacht. Die ganze Familie ist versammelt, auch Julia ist zu Besuch. Sie ist bei uns aus- und bei ihrem Freund Gered eingezogen. Doch kommt sie, wie auch Gered, oft auf einen Sprung vorbei.

»Wie kommst du denn darauf?«, frage ich Bella, und schaue verwundert drein.

»Ach bitte, Mum, du hast schon sooooo lange keine Geschichte mehr erzählt. Ich habe Angst, dass Mirabella langsam doch noch böse auf uns wird, und sich vielleicht gar nicht mehr blicken lässt.« Säuselt sie, mit einem aufgesetzten, traurigen Gesichtchen. Das hat sie bestimmt von ihrer Tante Julia geerbt, sich schauspielerisch gekonnt in Szene zu setzen.

»Na komm her, du kleine Säuseltante.« Ich packe meinen

163

Sonnenschein und kitzle sie mal so richtig durch. Ich genieße ihr helles Lachen, muss sie dann aber entwischen lassen. Schnurstracks rennt sie in Richtung Mutsch und springt auf den geliebten Ast.

»Also gut, du hast ja recht. Mirabella braucht sicher mal wieder unsere Aufmerksamkeit. Dann lassen wir heute doch die Fee eine Geschichte aussuchen, was meinst du?«, frage ich Belinda.

»Ok«, antwortet sie mehr gleichgültig als begeistert.

»Hauptsache es gibt eine Geschichte«, freut sie sich.

»Wer ist denn Mirabella?«, ertönt es synchron von der Veranda. Und wir lachen alle los.

Bella weiß genau Bescheid, und mit hocherhobenem Haupt, gibt sie ihr Bestes:

»Mirabella ist die kleine Fee, die Mum, als sie noch klein war, immer besuchen kam. Sie hat Mum immer in die Nebenwelt mitgenommen und hat ihr gaaaanz tolle Geschichten erzählt, dabei sind sie zusammen geflogen, nicht gelaufen!«, erklärt sie den Dreien.

Während Jeff sich lächelnd wieder seiner Zeitung widmet, sind Tim wie auch Julia neugierig geworden. Beide springen auf und gesellen sich zu uns.

»Das wollen wir um keinen Preis verpassen«, sagt Julia.

»Und ich will auch mit euch fliegen«, strahlt Tim uns alle an.

»Wisst ihr was? Wir setzen uns alle ins Iglu.«

»Au ja«, rufen sie begeistert.

Jeder schnappt sich ein Kissen von den Gartenstühlen. Tim reißt sich dasjenige, worauf Jeff es sich mit seiner Zeitung gemütlich macht, unter dessen Po weg, was er seinem Jungen mit einem bitterbösen Blick und einem Schmunzeln quittiert. Schnell besorge ich noch ein paar Chips und Limo.

Einer nach dem anderen drängen wir uns durch den schmalen Eingangsbogen, und setzen uns im Iglu auf den mit Moos bewachsenen Boden. Während Tim und Belinda so locker dasitzen, haben Julia und ich doch unsere kleinen Schwierigkeiten, eine passende und einigermaßen bequeme Position zu finden. Na, das kann ja heiter werden! Aber, dieses Moosbett erinnert mich gleich an Mirabella.

»Mirabella hatte auch ein kleines Moosnest auf dem Baum, das ich ihr extra hergerichtet hatte«, erkläre ich mit Begeisterung. Julia schaut mich jetzt doch ein bisschen irritiert an. Ich muss es so real gesagt haben, dass sie wahrscheinlich an meinem Verstand zweifelt, und wenn nicht jetzt, dann bestimmt während der nächsten Geschichte. Ich muss verschmitzt in mich hineinlächeln. Na dann werde ich heute alle drei in meine Wunderwelt entführen. Jetzt kommt so richtig Spannung in mir auf, und ich freue mich doppelt so sehr, ach was sage ich da, dreifach so große Freude erfüllt mich.

Die Vorfreude ist auch bei Belinda kaum zu übersehen. Ihr kleiner Schmollmund zieht sich zu einem breiten Grinsen, ihre Augen leuchten wie zwei Sterne und ihr Haar, zu zwei Zöpfen geflochten, lassen sie noch süsser aussehen. Tim, eher skeptisch, aber doch interessiert, spielt mit einem Grashalm. Julia genießt einfach, so scheint es mir, die familiäre Atmosphäre.

»Na los, Missi, fang endlich an«, drängt mich Julia, und meine beiden Rabauken stimmen fröhlich und ungeduldig mit ein.

»Gut, wir haben zur Auswahl: Den Elefanten, die Maus, die Raupe oder den Regenwurm.« Alle drei schauen mich fragend und irritiert an.

»Ihr könnt wählen; welche Geschichte wollt ihr hören?«, will ich von ihnen wissen.

»Regenwurm, Elefant, Raupe«, tönt es von allen Seiten. Ich muss lachen.

»Gut, dann nehmen wir die Maus«, bestimme ich.

»Oh meno«, ertönt es aus Bellas Mund. Um gleich danach wieder fröhlich ein: »Ok, dann halt die Maus«, hinterher zu schieben. Sie wollen bestimmt nicht riskieren, dass es gar keine Geschichte gibt, sollten sie sich nicht einig werden.

»Wie immer freute ich mich auf Mirabella, die kleine Fee«, beginne ich. »Und war gespannt, welche Geschichte ich heute wieder mit ihr erleben würde.«

৪৩৫৩

Fröhlich pfeifend tänzelte ich nach Hause, als ich plötzlich stolperte. Ich konnte mich gerade noch auffangen, so dass ich nicht der Länge nach hinfiel.

Typisch ich! Drei Schritte und mir passierte dasselbe Missgeschick gleich nochmal, nur dieses Mal fiel ich hin.

»Aua«, schrie ich laut raus, und hielt mein linkes Knie das leicht blutete. Ich sass da auf dem Asphalt und weinte.

Auf mein lädiertes Knie schauend, wischte ich mir mit dem Handrücken die Tränen aus meinem schmerzverzerrten Gesicht. Langsam rappelte ich mich wieder auf und humpelte weiter nach Hause.

Mum war wie gewohnt nicht da, also tat ich das, was sie sonst mit mir machen würde, wenn ich mal eine Schürfwunde hatte. Das kam immer wieder mal vor. Mit meiner Träumerei übersah ich dann und wann mal ein Hindernis, das mich zum Stolpern brachte. Doch heute war definitiv nichts im Wege gewesen!

»Jetzt falle ich bereits über meine eigenen Füße«, dachte ich laut, und war wütend auf mich selbst.

Mit einem nassen Waschlappen reinigte ich mir vorsichtig die Wunde. Uh, das brannte aber. Dann noch ein Pflaster drauf und die Welt war schon fast wieder in Ordnung. Nun noch die Schulaufgaben schnell erledigen, das sah auch dementsprechend aus, und ab in den Garten.

Bella rekelte sich genüsslich in ihrem Moosnest. In der Hand eine Margerite, die in ihren Händen riesig erschien. Ein freudiges »Hallo« beiderseits und ein Abklatsch mit den Händen zur Begrüßung.

»Hier Melissa, ein Blümchen für dich.«

»Oh, für was ist die denn? Hast du was getan und ich bekomme die als Entschuldigung?«, schaute ich sie mit fragendem Blick an.

»Wie kommst du denn darauf?«, fragte sie zurück.

»Wenn Dad der Mum Blumen schenkt, fragt sie immer, was denn passiert sei, ob er sich für irgendwas entschuldigen wolle«, gab ich ihr altklug zur Antwort.

Bella musste schmunzeln:

»Ganz so unrecht hast du nicht, Missi. Aber nicht ich muss dich um Entschuldigung bitten.« Sie schaute mich geheimnisvoll an.

Irritiert fragte ich: »Wer dann?«

»Kobi.«

»Kobi?«, fragte ich verwundert. »Wie das denn?«

Meine Freundin schaute beschämt auf mein Knie, und tippte leicht mit ihrem Zauberstab auf die kleine Wunde.

»Da bin ich heute echt blöd hingefallen«, erklärte ich ihr und schaute auf das leicht demolierte Knie.

»Ja, ich weiß«, kam es zögerlich von Bella.

»Na klar doch, du weißt ja alles«, erinnerte ich mich. »Das heißt, du warst auch da?«, fragte ich sie jetzt verwundert.

»Nein, nicht ich«, kam es wieder eher zögerlich von Mirabella.

»Ok, wer dann?« Gott machte sie es spannend. Und da fiel mir der Groschen runter.

☙❦☙

»Kobi war es«, ruft Belinda voller Begeisterung dazwischen, »Kobi hat dich hinfallen lassen«, und klatscht sich in die Hände.

»Warum weißt du das?«, ertönt es wie aus einem Munde von Tim und Julia.

»Na Kobi ist der Kobold, der immerzu Streiche spielt. Von dem hat Mum mir schon erzählt. Habe ich recht

Mum, war es Kobi?«, will sie bestätigt haben. Ihre rot-gefärbten Wangen zeigen deutlich ihre Aufregung.

»Ja, Bella, du hast vollkommen recht. Der Kobold Kobi hat mir ein Bein gestellt. Es war aber nicht seine Absicht, mir weh zu tun. Als ich dann weinend auf dem Boden sass, und vor Schmerzen das Knie hielt, wusste er, dass er nun doch zu weit gegangen war. Das tat ihm dann unsagbar leid, und so entschuldigte er sich mit einem Blümchen bei mir.«

♏❣♏

Ich fand es süß und konnte nicht einmal sauer auf ihn sein. Dankend nahm ich die Blume an, und stellte sie in das kleinste Glas, das ich im Küchenschrank finden konnte und füllte es mit Wasser. Den Blumenstrauß mit nur einer Blume stellte ich auf den Gartentisch.
Es war schwül, und die Sonne brannte gnadenlos, da kam das große Becken heute gerade richtig. Ich füllte es bis zum Rande mit Wasser, ließ meine Hände in das kühle Nass gleiten und benetzte Arme und Gesicht damit.

Bella flog herbei und flatterte eine Armlänge vor meiner Nase herum. Ich konnte nicht anders, und schwups bekam sie einige Wasserspritzer von mir ab. Wütend strich sie mit ihren zarten Händen über ihr Kleidchen und ihre Locken-pracht, um die Wassertropfen zu beseitigen. Tu es mir doch gleich, ermutigte ich sie, und wusste, dass das ein unmög-liches Unterfangen für sie war.

Dummerweise habe ich die Rechnung ohne Mirabella

gemacht. Zweimal den Zauberstab geschwungen, ein für mich unverständlicher Zauberspruch gesprochen, und ich steckte mit den Händen im Wasserbecken fest. Oh, Mist, dachte ich, wie blöd bin ich denn! Schuldbewusst schaute ich meine Freundin an, und wusste nicht, ob ich flehen oder lachen sollte. Und als ich sie dann so siegessicher vor mir sah, fühlte ich mich unheimlich klein und machtlos. Aber die Situation war so absurd, dass ich erst einmal lachen musste, sie dann aber flehentlich anschaute.

»Bitte, Bella, erlöse mich von diesem Zauber, ich verspreche dir, dich nie mehr nass zu spritzen.«

»Na gut, allerdings musst du mich, als Wiedergutmachung, mit frischem Wind anpusten«, ist ihre Forderung.

»Ok, ich bin bereit, alles zu tun, was du verlangst, aber bitte lass mich jetzt wieder frei«, flehte ich sie erneut an.

Die Position, die ich innehatte, war absolut nicht bequem, und es wurde langsam mühsam so gebeugt da zu knien.

Schwups, und ich konnte meine Arme wieder aus dem Wasser ziehen. Kokett schaute mich der Zwirbel an, und schwingt noch einmal als Provokation mit ihrem Zauberstab.

»Ich bin nicht gerade groß«, tadelte Bella mich, »aber unterschätzen solltest du mich trotzdem nicht.«

Wo sie recht hatte, hatte sie recht. »Und nun, würdest du bitte deine Schuld einlösen!«, befahl sie mir. Ich streckte ihr die Hand entgegen, worauf sie genüsslich Platz nahm. Die Beinchen übereinandergeschlagen, streckte sie mir ihr Gesichtchen entgegen.

Erst pustete ich nur leicht, worauf ihre roten Locken umherwirbelten und die Flügel sich nach hinten bogen. Der zweite Luftstoß kam dann aber so heftig, dass sie das Gleichgewicht verlor und mit einem lauten Aufschrei nach hinten plumpste. Wir mussten beide lachen.

»Komm Melissa, wir machen wieder einen AugenBlick«, lockte mich Bella.

ᚑᚑ

»Einen AugenBlick, hieß für uns, mit den Augen in die andere Welt zu blicken«, erkläre ich meinen Zuhörern, die immer noch mit gespitzten Ohren und halb offenem Mund vor mir sitzen. Kein Ton kommt von ihnen, ich lese nur Erwartung in ihren Augen. Somit erzähle ich weiter.

ᚑᚑ

Augen zu, und wir flogen durch einen Strudel, der uns herumwirbelte, als befänden wir uns auf einem Karussell. Mirabella hatte immer wieder was Neues auf Lager. Und wir liessen uns treiben, bis der Sog sich beruhigte. Als wir wieder zum Stillstand kamen, wir schwebten noch immer in der Luft, konnte ich einen wunderbaren, blumigen Duft wahrnehmen. Mirabella deutete mit ihrem Stab Richtung Erde.

»Schau dort unten, am Waldrand.« Mein Blick folgte ihrem Zauberstab, und siehe wer da stand. Mit der einen Hand hielt er sich die Hose hoch und mit der anderen, hinter dem Rücken, einen Blumenstrauß. Den wollte er anscheinend verstecken, doch der überragte seinen Kopf um einiges. Schuldbewusst drehte er den rechten Fuß auf der Erde hin und her, als müsste er eine Zigarette ausdrücken. Den Kopf schief in den Nacken gelegt und mit geröteten Wangen, blickte er zur Erde.

Bella und ich setzten zur Landung an. Langsam schaute er hoch und gleich wieder runter.

»Na du Strabauke, willst du irgendwas loswerden?«, fragte Bella ihn.

Den Kopf immer noch Richtung Boden gesenkt, holte er diesen riesen Blumenstrauss mit Schwung hervor. In seiner ungeschickten Art ließ er den Strauss über den Boden schleifen, mehrere Blumen verloren dabei ihre Blüte oder knickten ab. Mit einem kaum hörbaren:

»Entschuldige«, ließ er den Strauss los und rannte davon. Dabei hatte ich ihn noch gar nicht entgegengenommen, sodass die farbenfrohe und frisch duftende Blütenpracht zu Boden fiel.

»Ach herrje!« Bella wie ich hielten vor Schreck die Hände vor den Mund und schauten auf das Blumenchaos.

Geduldig lasen wir Blume um Blume auf und setzten sie wieder zu einem Gebinde zusammen. Na ja, nicht einmal so übel. Einzelne Blumen sahen nicht mehr so frisch aus, aber im Großen und Ganzen, war er gelungen.

»Hey Kobi«, rief ich in den Wald.

Es war uns nicht entgangen, dass sich der Schlawiner nicht weit von uns, hinter einem Baum versteckte.

»Vielen Dank für die Blumen, und Entschuldigung angenommen«, versicherte ich ihm und streckte mich zur Seite, um Kobi zu erhaschen.

Da sahen wir ihn auch schon davon hüpfen. Er war so süß, am liebsten hätte ich ihn mit nach Hause genommen. Mirabella las mal wieder meine Gedanken und erinnerte mich daran:

»Du musst ihn nicht mitnehmen, Melissa, er ist ja da, oder hast du dein Knie schon vergessen? Dummerweise kannst du ihn nicht sehen, wenn du wieder drüben bist. Aber spüren; das kannst du ihn jetzt.«

»Stimmt«, gab ich ihr recht, »so kann ich ihn ja indirekt auch sehen.« Stellte ich mir vor.

»Genau«, war die knappe Antwort von Bella.

»Ist Kobi der Grund der heutigen Reise?«, wollte ich von ihr wissen.

»Auch, aber nicht nur, es gibt da noch was, was du anschauen darfst.«

Ok, ich war neugierig, wie immer, nur sagte ich dieses Mal nichts. Nach einer geraumen Zeit, hielt ich es dann doch nicht aus. Mirabella kann eh meine Gedanken lesen, also was solls.

»Was ist es denn?«, fragte ich sie und Bella lachte.

»Du kannst es wirklich nicht lassen, deine Neugier?«

Konnte ich nicht, gab ich ihr recht.

Was raschelte denn da um meine Füße?

»Aaaaah«, entfiel mir ein schriller langer Schrei. Ich rannte, was das Zeug hielt und versteckte mich hinter einem Baum.

»Mirabella, da ist eine Maus!«, rief ich vom Versteck aus.

»Ja klar«, gab Bella zur Antwort. »Das ist Juliette, die tut dir nichts, sie will dir nur was erzählen«, versuchte meine Freundin mich zu beruhigen.

»Ich habe aber Angst vor ihr.« Weigerte ich mich, hervorzukommen.

»Jetzt komm mal runter, Missi, das ist eine Maus und kein Krokodil«, ließ sie mich nervig wissen.

Schritt für Schritt, als könnte mich die Maus jeden Moment anspringen und verspeisen, näherte ich mich den Beiden.

»Na also, gratuliere Melissa, du hast es tatsächlich geschafft, dich der Angst gegenüber eines Monsters zu stellen«, sagte Bella belustigt.

Wenn Blicke töten könnten, dann würde Mirabella den Flügelschlag abrupt einstellen und zu Boden fallen. Mein Blick war ihr nicht entgangen.

»Entschuldige, Missi«, flüsterte sie besänftigend, »ich wollte dich nicht beleidigen oder gar erniedrigen, aber ein bisschen absurd ist es schon, von einer Maus davonzulaufen, findest du nicht auch?«

»Nun hört schon auf ihr zwei«, unterbrach uns Juliette die Maus. »Kommt, und setzt euch für einen AugenBlick zu mir auf den Boden.«

Wir befolgten ihren Wunsch und setzten uns im Schneidersitz zu ihr. Komischerweise hatte ich jegliche Angst vor ihr verloren. Und wenn ich sie so, mit ihren Kulleraugen, dem spitzigen aber sanften Gesicht vor mir sah, erinnerte sie mich an irgendjemanden.

»Und wenn du noch meinen Namen dazu nimmst, Melissa, dann kommst du ganz schnell auf eine Antwort«, las Juliette meine Gedanken.

»Juliette«, sagte ich laut. Juliette, dachte ich nach. »Ja genau, Juliette aus meiner Parallelklasse. Und ja, sie hat auch so ein Spitzmaul und Kulleraugen wie du. Man sagt ihr sogar die graue Maus und sie hat den gleichen Namen wie du«, stellte ich alles auf einmal fest.

»Genau so ist es«, bestätigte mir die Maus.

»Und warum sind wir denn jetzt hier?« Ich immer noch nichts ahnend.

»Ich will dir damit sagen, dass es in deiner Klasse ein Mädchen gibt, das unsagbar traurig ist. Niemand beachtet sie, niemand spielt mit ihr. Alle lachen sie aus und rufen ihr graue Maus hinterher. Nun frage ich dich, wie findest du das?«, kommt es von Juliette.

»Ich weiß nicht, also, nicht gerade schön«, sprach ich zögerlich. »Sie zieht sich auch immer zurück«, fällt mir ein. »Aber eines kann sie gut, sie kann wunderschön malen«, fügte ich bewundernd hinzu.

»Genau das ist es, nur ist es ihr gar nicht bewusst. Sie hat das Gefühl, niemand zu sein und nichts zu können. Und genau das ist es auch, was die anderen Kinder, Juliette immer zu verstehen geben.«

Ich wurde nachdenklich. »Sie ist auch immer so schweigsam«, sprach ich meine Gedanken laut aus.

»Ja, das ist sie. Und sie hat überhaupt keine Freude an ihrem Leben, obwohl sie erst zarte acht Jahre alt ist.«

Das machte mich jetzt aber erst recht nachdenklich. Als würde eine dunkle Wolke über mich ziehen, fühlte es sich einen Moment lang seltsam an. Erdrückend, traurig und leer.

»So fühlt sich deine Kollegin«, fügte die Maus in ernstem Ton hinzu.

»Das ist ja schrecklich«, begehrte ich auf. »Kann denn niemand etwas dagegen tun?«, kam es von mir entrüstet.

»Warum glaubst du, bist du heute hier?«, schaute Juliette mich fragend an.

Jetzt bekam ich große Kulleraugen. »Kann ich etwas verändern?«

»Du kannst so viel verändern, als dass du Juliette, deiner Klassenkameradin, ein bisschen Zuwendung schenkst. Wenn dir ihre Bilder gefallen, dann sage es ihr. Dann hast du schon genug getan. Du wirst sehen, ihre Augen bekommen wieder einen Glanz, sie wird wieder Freude erfahren und die schwere dunkle Wolke wird sich lichten.«

Wie Juliette, die Maus, gekommen war, verschwand sie auch wieder. Ein Rascheln und weg war sie.

Mirabella spielte mit einer meiner Locken. »Los, Kleines«, forderte sie mich auf, wobei die Betonung auf Kleines lag. Ich lächelte.

»Es soll dich nicht traurig machen, es sollte dich aufheitern. Es ist eine Freude, jemandem eine Freude zu machen. Und wenn du nichts zurückerwartest, wird es immer eine Freude bleiben«, fügte sie belehrend hinzu.

Mirabella brachte mich wieder nach Hause. An diesem Tag hauchte sie mir einen Kuss auf die Stirn und wünschte mir Erfolg.

Nachdenklich holte ich mir eine Vase aus dem Schrank

und stellte den etwas demolierten Feldblumenstrauß hinein. Süß von Kobi, dachte ich kurz an den quirligen Kobold.

Juliette spukte andauernd in meinem Kopf herum.

»Erde an Melissa, bitte kommen«, scherzte mein Dad. »Wo hast du denn auch deine Gedanken, Liebes?«

Erst jetzt realisierte ich, dass ich mit offenen Augen auf dem Sofa sass und die Wand anstarrte.

»Dad«, wandte ich mich überrascht ihm zu, »ich habe dich gar nicht kommen hören.«

»Wie auch! Du starrst mal wieder Löcher in die Luft, da könnte eine Bombe einschlagen, die würdest du nicht hören«, lachte Dad mich aus.

»Dad«, fragte ich ihn nun.

»Ja, mein Kleines«, wurde er wieder ernst. Er merkte wohl, dass mir etwas auf dem Herzen lag.

»Juliette aus meiner Klasse, die ist soooo traurig«, begann ich zu erzählen. »Darf ich ihr morgen etwas in die Schule mitbringen?«

»Warum ist sie denn soooo traurig?« Seine Stirn in Falten gelegt, schaute er mich aus großen, fragenden Augen an.

»Niemand nimmt Notiz von ihr, sie schaut etwas komisch aus und alle lachen über sie«, beantwortete ich seine Neugier.

»Du auch?«, Dads Augen durchdrangen mich fast. Beschämt schaute ich zu Boden und spürte, wie meine Wangen anfingen zu brennen.

»Was willst du ihr denn mitbringen?«, erlöste Dad mich aus meiner Scham.

»Ich weiß auch nicht«, und überlegte.

»Was macht sie denn gerne«, horchte er mich weiter aus.

»Malen«, kam meine Antwort begeistert.

»Dann lasse uns mal überlegen.« Er zog eine Denkerstirn und man hatte das Gefühl, dass er alle Register ziehen würde, um auf eine Idee zu kommen. Wie Wickie – aus den Wikingern – strich er sich mit dem Finger um die Nase und mit einem Fingerschnippen hellte sich sein Gesicht auf.

Ich lachte; mit dieser Methode heiterte er mich immer wieder auf.

»Ich habe eine super grandiose Idee«, tat er geheimnisvoll, »komm mit, wir müssen ins Arbeitszimmer.« Gespannt folgte ich ihm.

Aus dem antiken Schrank fischte er eine Schachtel hervor. Gespannt schaute ich ihm zu. Er reichte mir dieses Ding und trug mir auf:

»Packe die Farben ein und bitte Juliette, dir ein Bild zu malen.« Trug er mir auf, während wir zurück ins Wohnzimmer schlenderten.

»Sag mal, Melissa, von wem sind denn die wunderschönen Blumen?« Verwundert stand Dad vor dem Strauss und versuchte einen abgeknickten Blumenkopf wieder aufzurichten.

»Der ist von Kobi«, schaute ich ihn fröhlich an.

»Wer ist denn Kobi?«, wurde er neugierig.

»Mein Kobold, Dad. Ich habe dir von ihm erzählt, weißt du das denn nicht mehr?«, schaute ich ihn etwas entnervt an.

Genauso schaute er zurück. Ich hob beide Schultern kurz hoch und lief davon.

Voller Elan und Tatendrang nahm ich am nächsten Tag den Schulweg unter die Füße. Am liebsten hätte ich das Geschenk gleich überreicht, doch dann wäre zu wenig Zeit gewesen, um mit Juliette die Freude zu teilen. So musste ich wohl oder übel bis zur großen Pause warten. Wiedermal ungeduldig, fieberte ich dem Ereignis entgegen. Wie immer, wenn ich was Besseres vor hatte als Mathe zu pauken, musste mich meine Lehrerin mehrmals zur Besinnung rufen.

Als es endlich so weit war, stolperte ich regelrecht zur Tür raus. Ich konnte mich gerade noch am Türrahmen festhalten, sonst wäre ich mal wieder wie ein Wischmopps auf dem Boden gelandet. Ein Blick zur Klassenlehrerin, die aber schüttelte nur ihren Kopf und lächelte mich an.

Ich rannte geradewegs zu Juliette, die wie gewohnt in ihrer Baumnische hinter dem Schulhaus, fernab von allen kauerte, und an einem Apfel knabberte.

Ich fragte, ob ich mich zu ihr setzen dürfe. Sie sah mich misstrauisch an, nickte dann aber mit dem Kopf. Dankend gesellte ich mich zu ihr. Im gleichen Moment wurde mir dann doch wieder mulmig. Ich nahm all meinen Mut zusammen und tat wie mein Dad mir geraten hatte. Ich überreichte ihr mein Geschenk. Juliette nahm es nur zögernd an sich.

»Nun nimm schon«, forderte ich sie auf. »Mach es auf«, drängte ich sie. Sie legte den Apfel beiseite und packte das Geschenk wie in Zeitlupe aus, nicht ohne mir immer wieder misstrauische Seitenblicke zuzuwerfen.

Als sie das Papier endlich entfernt hatte, starrte sie das

Geschenk regelrecht an. Ihr Spitzmaul öffnete sich und auf einmal kullerten ihr Tränen über die Wangen. Ich erschrak dermaßen, und entschuldigte mich bei ihr, in der Annahme, sie mit diesem Geschenk gekränkt zu haben. Da schaute sie mich mit weit geöffneten Augen an und umarmte mich schweigend. Ich sass wie erstarrt da und konnte mich erst überhaupt nicht bewegen. Juliette holte mich dann aus der Erstarrung raus, in dem sie mir versicherte, dass sie sich schon immer solche Farben gewünscht hätte.

Jetzt erwiderte ich ihre Umarmung und wir weinten beide. Woher wusste mein Dad, dass Juliette sich genau diese Farben wünschte?

»Ich hätte da allerdings noch einen Wunsch«, bat ich Juliette.

»Und der wäre?«, fragte sie mich.

»Würdest du mir ein Bild malen?«, schaute ich sie bittend an. Ein Lächeln huschte über ihr Gesicht, wie ich es noch nie bei ihr gesehen hatte. Und ich glaubte auch ein Funkeln in ihren Augen zu sehen. In dem Moment sah sie anders aus. Irgendwie wunderschön.

»Liebend gerne, Melissa«, war ihre knappe Antwort.

Von ihrem Glück berührt, umarmte sie mich noch einmal und ich wusste, jetzt hatte ich eine Freundin dazu gewonnen.

Wir verbrachten von da an jede Pause miteinander. Juliette blühte auf und ließ sich nicht mehr unterkriegen.

Eines Tages überraschte sie mich mit einem Geschenk. Es war ein Bild, eines das mich tief im Herzen berührte. Ein

Bild mit einer Maus, eine Maus, die so speziell war, es war einfach unbeschreiblich schön.

»Mum«, unterbricht mich Tim. »Kann es sein, dass das Bild, das im Wohnzimmer hängt, das Bild ist, von dem du eben erzählt hast?« Denkt mein Junge scharfsinnig mit.

»Genau«, bestätige ich ihm des Rätsels Lösung. »Das ist das Bild, das mir Juliette gemalt hatte. Das ältere Ehepaar, das unser Haus bewohnt hatte, wusste über den Wert des Bildes Bescheid, da sie die Widmung auf der Rückseite gelesen hatten. Sie bewahrten es all die Jahre für mich auf. Hinten steht: In aller Freundschaft auf ewig für meine beste Freundin Missi. Unterschrieben mit Juliette und Datum.

Juliette ist mittlerweile eine große Künstlerin geworden. Und ich bin dankbar, durfte ich ihr den Anstoß dazu geben. Denn dieser Ölfarbenkasten, hatte sie mir Jahre später mal verraten, gab ihr so viel Mut und Energie, ihren Weg als Künstlerin fortan zu gehen. Dabei war sie da ja nur gerade mal acht Jahre alt«, betonte ich.

»Oh Mum, das war aber eine schöne Geschichte«, ist Belinda entzückt. Und Tim und Julia stimmen mit ein.

»Mum«, meldet sich Tim wieder. »Weißt du noch, als ich dir von Matthias erzählte?«

»Ja, ich kann mich noch daran erinnern.«

»Der Matthias ist auch immer so traurig. Niemand spielt mit ihm. Alle lachen nur über ihn, er sei ein Maulwurf, da er kaum etwas sieht und eine dicke Brille tragen muss.«

Da kommen meine eigenen Erinnerungen wieder hoch, die Zeit als ich eine dicke Brille benötigte, um überhaupt etwas zu sehen.

»Seine Eltern sind arm, und er hat immer dieselben Kleider an«, holt Tim mich wieder aus meinen Gedanken zurück. »Ihn lachen auch alle aus.« Eine kurze Pause entsteht.

»Und du nicht ausgenommen«, beende ich seinen Satz.

»Nein«, gibt er mit gesenktem Kopf zu und ich fühle mit ihm. »Ich schäme mich so.« Mit traurigen Augen schaut er mich an und setzt zur Entschuldigung hinzu:

»Vorher war es mir egal, ich wusste nicht, dass das Matthias im Herzen weh tun kann. Ich möchte ihm gerne etwas als Wiedergutmachung schenken.«

»Tim, weißt du denn, was der Matthias gerne macht?«, horche ich ihn aus.

»Ich weiß, dass er ganz gerne Gitarre spielen würde. Der Lehrer hat sie ihm mal in die Hand gedrückt, weil Matthias behauptet hatte, der Lehrer hätte falsch gespielt. Daraufhin forderte Herr Knobel Matthias auf, es besser zu machen. Und der Matthias hatte wirklich viel besser gespielt als Herr Knobel«, erinnert sich Tim. »Wo er spielen gelernt hat, weiß ich nicht, aber er konnte es wirklich gut«, überzeugte er uns alle. Und dass eine Gitarre das Größte wäre, das hat er mal in der Schule erzählt, als der Lehrer uns nach unseren Wünschen fragte.

»Schön und gut, da wäre eine Gitarre natürlich das richtige Geschenk, die haben wir aber nicht. Wir werden darüber nachdenken, Tim. Irgendwas lassen wir uns schon noch einfallen«, muntere ich meinen Sohnemann auf. Stolz zu sehen, wie er Sozialkompetenz zeigt.

»Ich hätte da vielleicht etwas für euch«, meldet sich auch Julia mal zu Wort. »Ihr wisst ja, dass ich Schauspielunterricht hatte.« Leicht zerknirscht und mit einem bitteren Nebengeschmack, sagt sie diese Worte. Ich lächle nur und streiche ihr sanft über den Arm. Erleichtert fährt sie fort.

»Unter anderem hatten wir Gesangs- und Instrumentalunterricht. Wobei mir Ersteres mehr zusagte. Ich entschied mich dann für Gitarre, da was anderes erst recht nicht in Frage kam. Tja, die Zirpe liegt noch immer in einer Ecke und niemand schenkt ihr Beachtung. Was meinst du Tim, wollen wir sie holen, und sie dorthin bringen wo man auch Nutzen für sie finden könnte?«, schaut sie Tim fragend an.

Das artet in einem Freudentaumel aus, und Belinda bettelt ebenfalls mit von der Partie sein zu dürfen. Ich lasse alle drei losziehen. Bin gespannt, wie diese Geschichte enden wird.

»*M*issi, da bist du ja«, ruft mich jemand durch das Garagentor. Ich bin bestrebt, unsere Limousine wieder mal auf Vordermann zu bringen. Mit dem Staubsauger hantiere ich unter den Pedalen, als mich der Ruf erreicht.

»Autsch«, durch mein abruptes Aufstehen stoße ich doch glatt den Kopf am Wagen, taumle leicht rückwärts, stolpere über den Staubsauger und lande rücklings auf meinem Allerwertesten.

»Hey Caroline«, rufe ich hocherfreut bei ihrem Anblick, aber mit schmerzverzerrtem Gesicht, über die Schulter hinweg. Diese steht da mit weit aufgerissenen Augen und hält sich vor Schreck beide Hände vor den Mund. Mit gossen Schritten eilt sie herbei, und will mir beim Aufstehen helfen.

»Geht schon, danke«, beruhige ich sie und rapple mich wieder hoch, den Hintern reibend.

»Immer noch die alte Missi«, gibt Caroline ihren Senf dazu. Mit einem schiefen Lächeln und einem bitterbösen Seitenblick, bringe ich sie abrupt zum Schweigen.

»Na komm schon her und drück mich«, gebe ich ihr mit

einem freudigen Grinsen zu verstehen. Es tut so gut, meine Freundin zu umarmen.

Unsere Freundschaft entstand in der Oberstufe. Sie kam aus einem Dorf ganz hinten im Tal. Nie hatte ich sie zuvor gesehen.

Anders als die ersten sechs Grundschulklassen, die aus einem oder höchstens drei Dörfer bestanden, vereinigte sich, in den letzten drei Schuljahren, das ganze Gebiet an einem Ort.

So kam es, dass ich dieses schüchterne Mädchen allmählich in mein Herz schloss. Diese Freundschaft hat bis heute gehalten, obwohl wir uns eher selten sehen. Es besteht sowas wie ein unsichtbares Band zwischen uns. Egal wie lange wir uns nicht sehen, das Zusammentreffen ist, als wäre gar keine Zeit dazwischen vergangen. Dass sie ebenfalls so fühlt, spüre ich, da braucht es keine Worte.

»Was führt dich denn hierher?« Schaue ich sie mit einem mulmigen Gefühl im Magen an.

»War hier in der Gegend und dachte, nach sooo langer Zeit, wäre ein Besuch bei meiner Missi mal wieder überfällig«, lächelt sie mich an.

»Ach wie schön, komm, wir gehen rein auf einen Kaffee«, locke ich sie. Den liebt sie über alles. Caroline macht es sich auf der Terrasse gemütlich und während ich in der Küche die braune Brühe zubereite, will ich, durch die offene Verandatür wissen, was denn alles so gelaufen ist in der letzten Zeit.

»Ich habe gekündigt«, überrascht sie mich.

»Echt jetzt? Wie denn das, du warst doch glücklich da?

Oder ist was passiert?«, äußere ich mich entrüstet. Caroline hat einen super Job bei einer Werbeagentur. Sie, die so gut texten und dichten kann, ist da ein kleiner Star. Das Schreiben ist ihr grosses Talent. Sie wird auf Händen getragen und der Chef liest ihr jeden Wunsch von den Augen. Das muss man sich mal vorstellen, obwohl sie erst eine kurze Zeit da angestellt ist, oder war. Wie kann man denn da künden? Ich war sprachlos.

»Na los, erzähl schon«, fordere ich sie auf und stehe vor lauter Spannung an der Verandatür, während der Kaffee in einem fließenden, feinen Strahl in die Tassen rinnt.

»Bring erst mal den Kaffee raus, und wenn möglich, lege noch ein paar Gurken bei«, fordert sie mich schmunzelnd auf.

»Gurken?«, frage ich verwundert, um dann gleich einen Luftsprung zu machen.

»Caroline, nein, echt jetzt?« Ihr verschmitztes Lächeln verrät es mir. Ich kann es kaum fassen, vor lauter Staunen und Freude bekomme ich gleich einen Hormonschub und lasse vor Aufregung glatt die Kaffeelöffel und die Zuckertüten fallen. Ich glaube, ein Porsche hätte mich nicht eingeholt, so schnell bin ich auf der Terrasse. Ich reiße Caro regelrecht vom Stuhl und tanze mit ihr im Kreis herum.

»Nun krieg dich mal wieder ein, Mädchen«, mahnt sie mich. »Und komm zur Besinnung! Ich bin nicht die erste Schwangere auf Erden«, erinnert sie mich. »Außerdem vertrage ich das rumgehopse nicht mehr wirklich.«

»Oh, entschuldige Liebes, und nein, nicht die Erste, aber ganz schön lange musstet ihr schon auf euren Nachwuchs warten. War ja auch nicht gerade eine leichte Zeit, und ganz ehrlich, ich habe auch mit euch gelitten. So sehr wünschte ich euch dieses Glück erfahren zu dürfen«, erkläre ich fast ein bisschen zu melancholisch.

»Weiss ich doch, und ich bin dir auch unendlich dankbar, als ich mich immer wieder bei dir ausweinen konnte, wenn die Regel mal wieder die Regel war.« Was sie nun mit Humor nehmen konnte, war lange Zeit überhaupt kein Spaß mehr. Sie und ihr Mark wollten liebend gerne Kinder, leider klappte es nicht wie geplant. Caroline wurde zwar schwanger, erlitt jedoch immer wieder eine Fehlgeburt. Insgesamt dreimal. Das ging ihr und Mark regelrecht an die Nieren.

Ihre Beziehung litt darunter und bei jeder erneuten Schwangerschaft, begleitete sie auch die Angst, das Baby wieder zu verlieren. Ich stand ihr bei, so gut es halt eben ging. Die ganze Berg- und Talfahrt musste sie jedoch alleine, oder gemeinsam mit ihrem Mann, durchstehen.

Nach der zweiten Fehlgeburt ließ sich Caroline dann endlich auf eine Behandlung bei einer Kinesiologin ein. Durch diese musste sie Erfahrungen aus ihrer Kindheit noch einmal durchleben. Erfahrungen, die sie für sich ins Reine gebracht hatte, jetzt aber in einer anderen Form wiederkehrten.

Sie konnte, mit deren Unterstützung die Ängste, die sie im Unterbewusstsein hegte, endlich auflösen. Denn diese wiederum hinderten sie daran, ein Kind auszutragen. Zu groß war die Angst, unbewusst, dass ihrem Kind eines Tages dasselbe widerfährt wie ihr.

Sie wurde als Schulkind von ihrem eigenen Vater sexuell genötigt. Eine Erfahrung, die man keinem Kinde wünscht. Sie hatte diese Tatsache jahrelang verdrängt. Erst mit achtzehn wurde sie, durch einen Zufall, wieder mit dem Verdrängten schmerzlich konfrontiert. Durch einen Dokumentarfilm über sexuell missbrauchte Kinder stiegen in ihr, ihre eigenen Erinnerungen wieder hoch.

Stück für Stück verarbeitete sie das Erlebte und konnte mit der Zeit, mit sich und ihrem Vater wieder Frieden schließen. Warum immer er ihr das angetan hatte, sie war der Überzeugung, dass er ihr nichts Böses wollte, und es ihm nicht bewusst war, was er ihr damit angetan hatte.

Schwer zu verstehen, aber für sie stimmte es, und so wie ich es empfinde, fühlt sie sich wirklich im Reinen.

Nun kam die Zeit, wo der Kinderwunsch bei ihr und Mark langsam konkrete Formen annahm. Caroline wurde gleich schwanger, erlitt dann aber in der neunten Woche ihre erste Fehlgeburt. Das war ein Schock für die zwei. Mich ließ diese Tatsache auch nicht kalt. Ich hörte ihr zu und versuchte sie zu trösten, indem ich ihr Mut zusprach. Das war eine Zeit, in der wir intensiven Kontakt hatten.

Ein ausschlaggebender Punkt bei ihr war, als sie ihre Schwägerin im Spital besuchte. Diese hatte eben ihr drittes Kind geboren. Mark begleitete sie. Beide waren sie von diesem zierlichen Baby entzückt, denn sie wünschten sich ja nichts sehnlicher, als einen eigenen Wonneproppen in den Händen halten zu dürfen. Einerseits erfüllte sie Freude und andererseits eine leise Wehmut, als sie die Kleine in ihren Armen wiegte.

Als Mark das Baby mal halten wollte, und er sie darum bat, fiel Caroline in eine Starre. Ihr wurde kalt und wieder heiß. Ein panikartiges Gefühl breitete sich in Sekundenschnelle in ihr aus. Niemals konnte sie das Baby Mark überlassen, weiß Gott, was geschehen könnte. Mit aller Kraft musste sie dagegen kämpfen, nicht fluchtartig das Zimmer samt Baby zu verlassen. Sie spürte, wie sich Schweißperlen auf ihrer Stirn bildeten und wie jegliche Farbe aus ihrem Gesicht verschwand. Es kostete sie unheimlich Kraft im Hier und Jetzt zu bleiben, die Panik zu unterdrücken, tief durchzuatmen, und sich wieder zur Besinnung zu rufen.

Nochmals raffte sie all ihre Kraft zusammen und blendete alle Ängste und Zweifel aus, versuchte ihr momentanes Gefühlschaos in den Griff zu bekommen, und reichte das kleine Bündel Mark. Der nahm das Baby freudig lächelnd auf den Arm, was sie wiederum irritierte.

Das war der Punkt wo ihr klar wurde; niemals kann sie ihr eigenes Kind unentwegt beschützen. Ihr wurde auch bewusst, dass, wenn sie nichts unternehmen würde, sie niemals ihr eigenes Kind in den Händen halten kann. Zu groß war die Angst, es könnte missbraucht werden und sie würde es nicht bemerken.

Nach mehreren Therapiesitzungen blühte sie regelrecht auf, und eine Leichtigkeit verdrängte die dunklen Gedanken des Geschehenen.

Die dritte Fehlgeburt verarbeitete sie dann auch leichter, da sie spürte, dass sie auf einem guten Weg war. Und jetzt, beim vierten Mal, hat es endlich geklappt.

Erst jetzt sehe ich die kleine Wölbung an ihrem Bauch.

Das mulmige Gefühl, das ich anfangs hatte, sie würde mir mal wieder unangenehme Nachrichten bringen, hat sich in ein schmetterlingartiges Kribbeln verwandelt.

»Und du sagst es mir erst jetzt?« Gespielt beleidigt schaue ich sie an.

»Ach Missi, du bist die Erste, die es erfährt. Wir haben es dieses Mal absolut geheim gehalten. Zu viele Emotionen waren immer damit verbunden. Obwohl es sich dieses Mal ganz anders anfühlte, irgendwie so richtig.« Ich kann das Glück in ihren Augen regelrecht sehen.

»Und, in welchem Monat befindet sich Madame nun?«, bin ich neugierig.

»Anfangs vierten«, strahlt sie mich an.

»Ich habe das Gefühl, als würde mir ein riesiger Stein vom Herzen fallen«, beschreibe ich ihr meine Stimmung.

»Und wenn der Stein am Boden liegt, lassen wir gleich noch einen los«, lächelt sie mich an. Fragend schaue ich ihr in die Augen, nicht ahnend, was sie damit meint. »Na komm schon, Missi, was glaubst du wohl, was als Nächstes kommt?« Noch immer schaue ich sie verdutzt an. Und sie lächelt zurück, »na«, doppelt sie nach.

»Sag nur, es sind Zwillinge!« Schaue ich sie halb erschrocken, halb erfreut an.

»Nein.«

»Drillinge«, schaue ich sie diesmal erschrocken an.

Ein kehliges Lachen und dann ein kurzes »nein«.

»Was soll das Ratespiel Caroline, raus mit der Sprache«, fordere ich sie genervt auf. »Es werden wohl kaum vier sein, oder?«

»Nicht wirklich«, lächelt sie sanftmütig. »Liebe Missi, beste Freundin, ewige Weggefährtin, und immer für mich da, wenn ich dich brauche, was glaubst du wohl, was mein innigster Wunsch ist?«, will sie von mir wissen. So langsam kommt mir ein leiser Verdacht. Caroline muss es in meinen Augen erkannt haben und fragt:

»Na, alles klar?«

»Du fragst mich aber nicht eben die ganze Zeit, ob ich vielleicht.....«, zögere ich.

»Die Patentante sein willst«, lacht sie mich an und streckt ihre Arme aus, um mich innig zu herzigen. Ich weiß gerade nicht, wie mir geschieht. Und wieder überkommt mich ein Gefühlschaos. Ich reiß mich von ihr los, entschuldige mich, und springe mit hoch erhobenen Armen im Kreise herum. Ich muss mich jetzt erst einmal austoben. Zuviel Erregung könnte eine Explosion bewirken.

»Ja, ja, ja, ja ich will«, ist dann gleich meine Antwort auf ihre Frage.

»Ja, ich will«, bestätige ich ihr noch einmal, um sicher zu gehen, dass es ankommt. »Kein schöneres Geschenk könntest du mir machen, Caroline. Vielen Dank.« Liebevoll nehme ich ihr Gesicht in meine Hände, so wie ich es bei meinen Kindern immer mache, und drücke auch ihr einen Kuss auf die Stirn.

Ein weiterer Kuss geht auf meinen Zeigefinger, den ich dann zärtlich auf ihren Bauch drücke. »Und der ist für dich, mein kleiner Sonnenschein.« Mit von Tränen trübem Blick, umarme ich Caroline zärtlich und liebevoll, um dem kleinen Rabauken da unten ja nicht Schaden zuzuführen.

Genüsslich trinken wir nun den Kaffee zu und planen die Zukunft meines Patenkindes.

Irgendwann viel später wenden wir uns anderen Themen zu.

»Kannst du dich noch an Viktor Feuerstein erinnern?«, fragt mich Caro, wie ich sie auch nenne.

»Viktor Feuerstein, wie kann ich den vergessen«, ich sehe gleich sein Gesicht vor mir, »das war auf der Grundschule. Die arme Celine wurde von ihm gequält. Da hatte ich ihm mal ganz schön die Leviten gelesen.« Dass ich den Mut dazu aus der Nebenwelt erhalten habe, behalte ich für mich. »Er zeigte Einsicht und soviel ich weiß, hatte sich die Angelegenheit zu Hause auch geklärt. Jedenfalls wurde er regelrecht zum Beschützer von Celine«, schließe ich die Story.

»Ja«, bestätigt mir Caro, »und weißt du was das Schöne ist?«, schaut sie fragend zu mir rüber. Den gleichen Blick gebe ich zurück.

»Die zwei erwarten auch ein Baby und werden demnächst heiraten. Ich soll dir ganz liebe Grüße ausrichten«, lässt mich Caroline wissen.

»Grüße, für mich?«, werde ich jetzt doch ein wenig stutzig.

»Ja, für dich«, schmunzelt sie mich an. »Ich war auf einer meiner Babybauchkontrollen«, sie streicht dabei liebevoll über ihre Wölbung, »da war auch diese Celine im Warteraum. Wir kamen ins Gespräch und irgendwie dann auf dich. Celine konnte sich sofort an dich erinnern und erzählte mir die ganze Geschichte. Am Schluss betonte sie auch ganz klar, dass du eine große Mitschuld an ihrem jetzigen Zustand und ihrem Glück mit Viktor hättest. Schön nicht?«

»Ja, wirklich schön.« Ein glückliches Lächeln huscht über mein Gesicht. Ein kurzer Gedanke an Mirabella und deren Welt geht mir durch den Kopf. So kann man die Zukunft beeinflussen. Was wäre gewesen, wenn ich dazumal nicht eingegriffen hätte?

*I*ch befinde mich auf dem Weg zu Oma Gerda, wie meine Kinder sie liebevoll nennen. Die ganze Sache mit Marlis und Collins spitzt sich langsam zu. Tania haben sie noch immer nichts erzählt. So behauptet es zumindest Gerda.

Ihren Babybauch wird man mittlerweile sicher sehen. Ich hatte in den letzten Wochen nur einmal kurz per Handy Kontakt mit Marlis. Da hatte sie mir nichts von ihrem Glück oder Unglück, wie auch immer, gesagt. Und Gerda habe ich versprochen alles für mich zu behalten, folgedessen, habe ich nicht nachgefragt.

Sicher darf ich der Puffer sein und dafür sorgen, dass nicht alles gleich eskaliert. Na dann, lassen wir uns mal überraschen.

Wie immer steht Gerda am Fenster und erwartet mich. Sie scheint mir nicht so aufgewühlt, wie ich sie erwartet habe.

»Hallo Gerda«, begrüße ich sie, »alles im grünen Bereich?« Versuche ich die Lage zu erkunden.

»Das wird sich noch herausstellen, komm erst mal rein.« Fordert sie mich auf und nimmt mir Mantel und Tasche ab.

»Heute so formell?«, wundere ich mich, wo sie sonst immer so unkompliziert ist.

»Entschuldige Missi, auch wenn man es mir nicht ansieht, aber ich bin echt nervös«, verrät sie mir.

»Und was ist der Grund?«, frage ich sie.

»Das fragst du noch?«, kontert sie.

»Stimmt, blöd von mir. Sind die anderen bereits da?« Ich schaue ins Wohnzimmer.

»Nein.« Bestätigt sie mir, was ich auch sehe.

»Weiss Marlis denn, dass ich Bescheid weiß?« Diese Info ist mir wichtig.

»Nein«, kommt es zögerlich von Gerda.

»Soll ich denn nun so tun als wüsste ich von nichts?«, frage ich sie unverständlich.

»Ich wünsche mir nur, dass du dabei bist. Du kannst Tania am ehesten beruhigen, sollte sie ausflippen. Was ja auch verständlich wäre.«

»Da sei dir mal bitte nicht zu sicher«, berichtige ich sie. »Wahrscheinlich flippt sie erst recht aus, wenn sie erfährt, dass ich Mitwisserin bin«, befürchte ich.

»Lassen wir es auf uns zukommen«, ist ihr Kommentar.

»Wann kommen sie denn, und wer alles?«

»Um halb acht, nur Marlis und Tania«, antwortet sie.

»Und Collins?«, drehe ich mich fragend zu ihr um.

»Nein, der ist nicht dabei.«

»Ok!«, frage aber nicht weiter nach.

Gerda zieht sich in die Küche zurück, um den Tee aufzukochen. Ich setze mich aufs Sofa und genieße die Ruhe vor dem Sturm.

Die Ruhe währt nicht lange. Früher als angekündigt, trudeln Tania und Marlis frisch fröhlich ins Haus.

»Hallo Mutter«, ruft erst Tania und dann Marlis hinterher.

»Hallo ihr zwei. Ich bin in der Küche, geht schon mal ins Wohnzimmer.«

»Ah, hier ist ja Missi, das trifft sich aber super«, freut sich Tania und kommt mich umarmen. Na, das kann ja heiter werden, sind meine Gedanken und drücke sie liebevoll zurück. Marlis tut es ihr gleich. Und dasselbe Begrüßungszeremoniell führen sie mit Gerda durch. Ist bei uns ja gang und gäbe, doch heute fühlt es sich seltsam an. Es wird nicht mehr lange dauern und die Stimmung wird sich so was von verändern. Mir graut schon jetzt davor.

Ach Marlis, was musstest du dir da sowas Ausgloses einbrocken. Wobei, wenn ich sie so fröhlich dastehen sehe, sieht es gar nicht nach einer zukünftigen Beichte aus. Sie ist ja überhaupt nicht nervös, das würde man ihr garantiert ansehen.

»Schön, dass du auch da bist Missi, so können wir die freudige Botschaft gleich mit euch beiden teilen«, kommt es aus Tanias Munde.

Gerda und ich schauen einander verdutzt an. Ein Blick von Marlis zu Gerda, verrät ihr, ja dichtzuhalten.

»Nun schaut nicht drein wie zwei verscheuchte Hühner. Wir haben eine frohe Botschaft, aber ihr macht ein Gesicht, als wäre weiß ich was geschehen«, lacht Tania in die Runde.

»Und was ist denn nun die freudige Botschaft?«, fragt Gerda, ein bisschen zu spitz.

»Hey Mum, was ist denn los, du scheinst ja richtig zickig zu sein.« Lacht Tania ihre Mutter aus.

»Na los, Marlis, sag es ihnen, sonst schieben sie noch ne Krise«, spöttelt Tania.

»Also, kurz und gut, ich bin schwanger.« Das wissen wir schon, wäre mir fast rausgerutscht. Stattdessen bringe ich nur ein klägliches: »Jäh«, heraus. Und Mutter Gerda schaut Marlis nur verdutzt an.

»Hey, was ist denn heute los mit euch zweien. Freut ihr euch denn nicht ein bisschen?«, schaut Tania enttäuscht von einer zur anderen.

»Eh, doch, doch, klar, super.« Stottere ich verwirrt, von Freude keine Spur. »Es kommt nur so überraschend«, versuche ich mich raus zu reden. Kommt jetzt noch was, seitens Marlis, oder war es das? Sollen wir das Spiel jetzt einfach weiterspielen? Das heißt, ja eigentlich nur Gerda. Ich weiß offiziell ja gar nichts.

»Gratuliere Liebes.« Ist alles, was ich im Moment raus bekomme.

»Und wer ist der Vater?«, rutscht es aus Gerda raus.

»Ach Mum, das ist nicht so wichtig«, antwortet Marlis ihr verlegen. »Es ist halt einfach passiert«, setzt sie hinzu.

»Ja, und ich bin die Patentante«, freut sich Tania aufrichtig.

Sowas von dreist. Macht mit Tanias Freund Collins ein Baby und nimmt dann ihre Schwester als Patentante. Da bleibt mir gänzlich die Spucke weg.

Gerda wird kreidebleich und muss sich setzen.

»Das ist jetzt doch ein bisschen zu viel für mich.«

»Mum«, Tania kann sie nicht verstehen, »sonst bist du auch nicht so prüde, das Baby schaukeln wir schon.« Und streicht Marlis liebevoll über den Bauch. »Hätte nicht gedacht, dass ich mich mal über ein Kind so freuen könnte. Am Ende überlege ich es mir doch noch anders, und schaffe dir Mum, auch noch ein Enkelkind an. Collins würde sich bestimmt freuen«, lächelt sie Gerda an.

Auch das noch, stelle man sich die Umstände vor. Am Ende hat Gerda zwei Enkelkinder, die Halbgeschwister sind. Das macht Marlis jetzt aber nicht im Ernst. Die wird hoffentlich nicht so ein infames Spiel durchziehen?

Ein Blick zu Gerda, die wie ein Häufchen Elend dasitzt, und nicht weiß wie ihr geschieht. Oder ist Collins am Ende doch nicht der Vater? Das wäre die schönste Lösung. Und dies wird Gerda sicherlich schnellstens herausfinden.

»Na, ihr seid aber echt zwei Miesepeter, ist euch irgendwas über die Leber gelaufen, oder warum benehmt ihr euch wie im Mittelalter? Marlis ist eben mal kurz schwanger, ob mit oder ohne Mann, ist doch egal. Sie wird dich bald zur Großmutter machen, was du ja auch gerne werden würdest, oder korrigiere mich bitte, wenn ich falsch liegen sollte.« Ärgerlich, trifft Tanias Tonart jetzt am ehesten.

»Lass mal«, beruhigt Marlis ihre Schwester. »Sie sollen dies jetzt erst einmal verdauen.«

»Ja jetzt aber echt, Melissa«, an mich gewandt, »du als Mamma, warum freust du dich nicht für Marlis?«

»Ist gerade alles ein bisschen viel. Ich weiß schließlich was es heißt, Kinder groß zu ziehen. Sei mir bitte nicht böse, Marlis«, wende ich mich ihr zu, »aber leicht wird es bestimmt nicht werden. Oder wie stellst du dir das denn vor? Eine Festanstellung hast du nicht, also gibt es auch kein Mutterschaftsgeld. Wovon willst du denn leben, einen Mann gibt es ja anscheinend auch nicht«, fällt es mir ein bisschen ironisch von den Lippen. So kann ich mich wenigstens rausreden ohne mich zu verraten.

»Nun hört schon auf«, mischt sich Tania wieder ein. »Wir zwei gehen jetzt feiern, und ihr, wenn ihr euch wieder eingeklinkt habt, könnt ihr euch ja melden«, schlussfolgert sie, packt Marlis am Arm und schiebt sie zur Tür. Ich kann nicht einmal was erwidern, genauso wenig Gerda. Wir lassen sie ziehen.

Einerseits tut es mir leid, leid um das noch nicht einmal geborene Gottes Geschöpf, anderseits um Marlis, die immer mit einer Lüge leben muss, wenn sie nicht für Klarheit sorgt, und wir gleich mit. Leid tut es mir aber auch für Tania, die mit einem Mann zusammen lebt, dessen zukünftiges Kind sie unwissentlich vergöttern wird.

»Was machen wir jetzt?«, will ich von Gerda wissen.

»Schön verzwickte Situation«, ist ihr Kommentar.

»Ich werde jedenfalls nochmal mit Marlis sprechen. So können wir das Ganze nicht stehen lassen. Auch wenn es Tania das Herz brechen wird, aber das Risiko müssen wir eingehen. Ich kann und will nicht mit dieser Lüge leben.«

»Tu das«, ermuntere ich sie. »Mir ist es auch nicht wohl in meiner Haut, sollte es so bleiben.«

Wir trinken schweigend die Tasse Tee zusammen. Jede in ihren eigenen Gedanken versunken. Nach einer Weile wende ich mich wieder Gerda zu:

»Ist es in Ordnung für dich, wenn ich nach Hause fahre?«, frage ich sie besorgt.

»Ja, Melissa, geh nur, ich komme schon zurecht. Marlis wird sich sicher morgen bei mir melden. Und wenn nicht, rufe ich sie an. Ich werde sie in die Mangel nehmen, so geht das nicht«, spricht sie ihre Gedanken nochmals laut aus.

Ich gebe ihr einen Kuss auf die Wange und streichle aufmunternd ihren Arm.

»Das kriegen wir schon wieder hin«, beruhige ich sie, doch glauben tue ich es nicht.

*D*ie Geschichte mit Tania und Marlis liegt mir noch immer auf dem Magen. Jeff habe ich nichts erzählt, obwohl mir gestern Abend ein Gespräch mit ihm gutgetan hätte.

Nun sitze ich hier in meinem Büro, aber an Arbeiten ist kaum zu denken. Ständig schwirren mir Gedanken, betreffend Tania und Marlis im Kopf herum.

»Nicht wirklich effizient heute.« Julia steht an der Tür, mit einem Kaffee in den Händen. »Ein bisschen Koffein peppt dich wieder auf«, und hält mir die Tasse hin.

»Danke, Julia, lieb von dir, und ja, von Effizienz ist heute nicht wirklich die Rede.«

»Was bedrückt dich denn so? Es scheint, als ob du heute Nacht kaum ein Auge zugetan hättest!«, erkennt Julia scharfsinnig.

»Wo du recht hast, hast du recht. Da ist so eine Geschichte, die ich im Moment noch für mich behalten muss.« Julia schaut mich besorgt an.

»Hat es mit mir zu tun?«, reagiert sie schon fast erschrocken.

»Nein, Liebes, überhaupt nicht, ich kann dir aber wirklich nicht erzählen, um was es sich handelt. Bitte versteh mich. Wenn alles aufgeklärt ist, werde ich auch dir Bescheid geben«, versuche ich sie zu beruhigen.

»Na ja, wirklich beruhigt bin ich jetzt aber doch nicht. Bist du krank Missi?«

»Nein Julia, es hat auch nichts mit mir zu tun, und auch nichts mit Jeff oder den Kindern«, füge ich schnell hinzu, bevor sich Julia weitere Sorgen macht. »An und für sich ist es auch nichts Schlimmes, ich bin nur leider Mitwisserin einer verzwickten Situation, und das bereitet mir Sorgen«, erkläre ich ihr.

»Ob du was sagen sollst, oder nicht!«, stellt Julia fest.

»Genau, und das gibt mir zu denken. Ich hoffe noch immer, dass sich die Situation klärt.« Ich presse die Lippen zusammen und bin besorgt.

»Wenn ich irgendwie helfen kann.....«, bietet sie mir an.

»Lass mal, es wird schon eine Lösung geben«, sage ich mehr zu mir selbst als zu ihr.

»Dann lasse ich dich mal weiter brüten, du findest bestimmt eine Tür da raus«, sagt sie lächelnd und tröstend zugleich und verlässt mein Büro.

Einmal mehr lege ich die Arbeit nieder und verlasse das Büro früher als gewohnt. Da wir Gleitzeiten haben, stellt das auch kein Problem dar. Es bringt der Bank nichts, und mir auch nicht, wenn die Produktivität gleich null ist.

Dann versuche ich, mich mal aufs Zubereiten des Mittagessens zu konzentrieren, wobei ich mich immer wieder meinem Handy zuwende. Könnte ja sein, dass Marlis sich bei mir melden würde. Bestimmt hat sie bemerkt, dass auch ich eingeweiht bin. So wie ich gestern reagiert habe, muss man blind sein oder eben nichtwissend, wie Tania.

Alles andere erscheint auf dem Display; Updates Meldungen, eine SMS meiner Kollegin Maja, die mir gute Besserung wünscht. Wie lieb von ihr - aber nichts von Marlis. Auch von Tania keine Nachricht, dabei wäre es verständlich, wenn sie sich melden würde um mein Verhalten von gestern zu kommentieren.

Erneut greife ich zum Funktelefon um nachzuschauen, ob da ein Anruf von Gerda drauf ist. Blöd, ich weiß, aber ich kann nicht anders.

Irgendwie habe ich es doch noch geschafft, ein Mittagessen auf den Tisch zu zaubern.

»Alles ok bei dir Missi?«, sorgt sich Jeff während wir alle am Tisch sitzen.

»Leichte Kopfschmerzen.« Ach, wie ich es hasse, Jeff anzulügen. »Ich lege mich später ein wenig hin.«

Im gleichen Moment hält Bella inne, ein Spaghetti, das sie eben einsaugen wollte, hängt halb aus ihrem Munde. Mit großen Augen schaut sie in meine Richtung, beißt auf das Spaghetti, so dass der herausragende Teil wieder in den Teller fällt. Blitzschnell kaut sie den Rest im Munde und schluckt einmal kräftig runter. Ihr Schmollmund ist blutrot mit Tomatensauce verschmiert.

»Mum, wir wollten doch Mirabella besuchen gehen.« Die Tonlage lässt keinen Widerspruch gelten.

»Klar doch Bella, eine Geschichte kriegen wir schon noch hin.« Ich schaue sie über den Tellerrand hinweg an.

Zufrieden wendet sie sich wieder ihrem Essen zu, während sie ihre Beine baumeln lässt.

»Nehmen wir den Baum, oder das Iglu?«, will ich von Belinda wissen.

Schwer überlegend, den Ellbogen in die eine Hand gestützt und den Zeigefinger an ihrem Mund, schaut sie von einer Möglichkeit zur anderen.

»Ich nehme den Mutsch und du die Liege«, entscheidet Bella gleich für beide.

Dankbar nehme ich ihr Angebot entgegen und lege mich wie gewohnt auf den Liegestuhl.

»Dann sind wir mal gespannt, was für ein Abenteuer uns heute erwartet«. Kribbelig und mit weit geöffneten Augen, kann man Begeisterung in Belindas Gesichtchen lesen.

଼ଠ୦ଌ

Wie so oft sass ich, wie du, auf dem Mutsch. Ließ die Beine baumeln und spielte mit einer Feder, die ich im Garten gefunden hatte.

»Weißt du, wem die Feder gehört?«, machte sich Mirabella von hinten bemerkbar.

»Von Coprax«, behauptete ich. »Oder?«, fragte ich zur Sicherheit noch nach.

»Stimmt genau«, bestätigte Bella mir. »Ein Geschenk von ihm, die kannst du zum Schreiben brauchen«, erklärte sie mir. »Einfach die Spitze ins Tintenfass stecken und loslegen.«

»Das probiere ich heute Abend gleich mal aus«, sagte ich begeistert. »Machen wir heute wieder eine Reise?«, fragte ich gespannt.

»Ok, ich hätte da was für dich«, kam es geheimnisvoll aus Bellas Munde.

Einen AugenBlick, und wir waren wieder drüben.

»Ich bin richtig gespannt, was wir heute erleben werden.« Ich war glücklich, wenn ich mit meiner Freundin neuen Abenteuern entgegenflog.

Es fiel mir auf, dass heute überall Elfen waren. Die spitzen, langgezogenen Ohren hatten sie alle, so wie die grazilen Körper bei den weiblichen, und der eher Muskulöse bei den männlichen Elfen. Ansonsten unterschieden sie sich gänzlich.

Wir flogen zu einer bestimmten Elfe. Ihr Haar war blond und leicht gewellt. Sie reichten ihr bis zur Hüfte. Im Gegensatz zu den meisten weiblichen Elfen trug sie ein Kostüm aus einer braunen Hose und Weste. Ein Hemd, die Ärmel hochgekrempelt, machte das Outfit perfekt. Dazu trug sie hohe Stiefel und hinter der rechten Schulter erkannte man Pfeil und Bogen, die sie auf dem Rücken trug.

»Hey Kamptu«, begrüßte Mirabella sie.

»Grüß dich Mirabella«, gab die Elfe den Gruß zurück.

»Wen bringst du mir denn da Schönes«, wollte Kamptu wissen und wandte ihren Blick mir zu.

»Das ist Melissa, und wie du weißt, wollen ihre Eltern den Mutsch fällen lassen«, erklärte Bella ihr.

»Was wollen meine Eltern?«, unterbrach ich ihr Gespräch.

»Ja, du hast richtig gehört, deine Eltern wollen den Baum entfernen lassen. Er nimmt zu viel Licht weg«, wandte sich Mirabella an mich.

»Das können sie aber nicht tun«, meine Stimme klang weinerlich. »Wie komme ich dann zu euch?« Ich war voller Angst.

»Keine Sorge Missi, zu uns kannst du jederzeit und von jedem Ort aus kommen. Aber es geht um den Mutsch selber. Obwohl er schon sooo alt ist, möchte er doch gerne noch weiter leben.« Einerseits war ich beruhigt, anderseits doch wieder nicht.

»Was kann man denn dagegen tun«, wollte ich verzweifelt von ihnen wissen.

»Wenn jemand etwas dagegen tun kann, dann du Missi«, behauptete Mirabella.

»Ich?«, kam es überrascht von mir.

»Ja, du, du kannst den Baum, deinen Mutsch retten«, bestätigte Bella nochmals.

»Und wie mache ich das?«

»Du musst nur ganz fest an uns glauben und uns bitten, dies zu verhindern. Bitte auch deine Eltern inständig darum, den Baum stehen zu lassen.«

»Wann soll er denn gefällt werden?«, wollte ich wissen.

»Morgen.«

»Morgen!«, schrie ich die beiden an. »Wie soll ich denn das hinkriegen?« Enttäuscht und mit tränenerstickter Stimme murmelte ich: »Das schaffe ich nie.«

»Oh doch Missi, das schaffst du wohl, du musst einfach nur fest daran glauben, wir werden da sein und dir helfen.«

Ungläubig schaute ich von Mirabella zu Kamptu und wieder zurück.

»Ok, ich glaube ganz fest daran.« Kam es wenig überzeugend aus meinem Munde.

»Du schaffst das Missi, tu es dem Mutsch zu Liebe, und natürlich dir«, versuchte mich Mirabella wieder aufzumuntern.

Traurig, wütend und überrascht, dass meine Eltern den Baum einfach fällen wollten, nur weil er ein wenig Licht weg nimmt, kehrten wir wieder nach Hause.

»Und du wirst auch ganz bestimmt da sein?«, wollte ich von Mirabella bestätigt wissen.

»Ganz bestimmt, und auch Kamptu und Karum, werden mit uns um den Baum kämpfen.« Mirabella lächelte mich an und gab mir einen Stupser auf die Nase.

»Wer ist denn Karum?«, wollte ich wissen.

»Karum ist ein kleiner Gnom, er lebt unter deinem Mutsch und schaut dort zum Rechten. Ohne dich Missi, schaffen wir es jedoch nicht.«

Früher als sonst war ich wieder zu Hause und wartete sehnsüchtig auf meine Eltern. Meine Gedanken kreisten die ganze Zeit um meinen Mutsch. Auch Kamptu, die Elfe und Karum der Gnom, ließen mich nicht mehr los. Erst jetzt fragte ich mich, was Kamptu für eine Rolle spielt? Bei Karum ist es ja klar.

Jedenfalls darf Mutsch nicht sterben, ich werde kämpfen wie eine Kriegerin. Und in dem Moment wurde mir klar, welche Rolle die Elfe spielte.

»Hallo Missi, du bist schon im Haus?«, wunderte sich

mein Vater. »Bist du krank, oder ist sonst was passiert?«, schaute er besorgt zu mir.

»Ja Dad, es ist was passiert.« Ich stellte mich vor ihm auf, die Hände in die Hüften gestützt und mit einem bitterbösen Blick.

»Ups, was ist denn mit dir los?«, wollte er halb erschrocken, halb belustigt wissen.

»Dad«, begann ich nochmals mit Nachdruck. »Du und Mum wollt den Mutsch nieder machen. Und das lasse ich nicht zu«, schimpfte ich.

»Woher weißt du, dass wir den Baum.....«

»Ich weiß es eben«, unterbrach ich ihn. Nun wirkte er eher verstört. Er rieb sich den Hinterkopf und druckste herum.

»Weißt du Melissa, Mum stört der Baum, er nimmt sehr viel Sonnenlicht ab.«

»Ihr seid ja eh nie hier, und am Abend ist die Sonne sowieso schon schlafen, bis Mum nach Hause kommt. Also, warum wollt ihr mir meinen Mutsch wegnehmen?« Ich musste schlucken und die Tränen mit aller Kraft zurückhalten. Ich wollte ja kämpfen und nicht als Mimose da stehen. In Gedanken rief ich klar und deutlich, Mirabella, Kamptu und Karum, bitte kommt und helft mir. Ich bin stark und ich gebe nicht auf, ermutigte ich mich selber.

»Missi, Liebes, wir werden dir ein Spielhaus kaufen, oder eine Schaukel, was immer du willst«, versuchte Vater mich zu begeistern.

»Ich will nur meinen Mutsch und Mirabella, Kamptu und Karum auch«, verrate ich ihm.

»Wer sind denn die zwei, ach drei?« Die Stirn in runzeln gelegt, schaute er mich mit schiefgelegtem Kopf an.

»Mirabella kennst du ja, das ist meine Freundin die Fee, Kamptu ist eine Kriegerelfe und Karum ist der Gnom, der auf Mutsch aufpasst.« Erklärte ich ihm, ohne auch nur mit einer Wimper zu zucken.

»Was sagt man denn dazu«, räusperte sich mein Vater, wahrscheinlich an meinem Verstand zweifelnd. Doch ich ließ mich keinen Millimeter von meinem Standpunkt abbringen.

»Missi, alles ist bereits in die Wege geleitet. Morgen früh kommen die Waldarbeiter und nehmen den Baum mit. Mum will es so, und ich glaube kaum, dass sie sich davon abbringen lässt«, versuchte er mir nochmals zu erklären.

»Ich und meine Freunde lassen das nicht zu.« Machte auf dem Absatz kehrt und rannte in mein Zimmer, wo ich auch blieb. Auf das Drängen von Dad, zum Nachtessen zu kommen, erwiderte ich nur:

»Kein Hunger.«

Am nächsten Morgen benahm ich mich so wie sonst. Denn ich wusste genau, wenn Mutter sich etwas in den Kopf gesetzt hatte, ließ sie sich von ihrem Vorhaben nicht abbringen.

Ich ging zur Schule, wie gewohnt, nahm aber den nächsten Bus wieder zurück. Bis die Lehrerin meine Eltern benachrichtigen würde, wäre das mit dem Baum bestimmt schon erledigt. War ich zumindest überzeugt. Ich musste nur fest daran glauben.

Endlich zu Hause angekommen, waren meine Eltern

schon zur Arbeit, und zwei Waldarbeiter eben eingetroffen. Der eine, gross gewachsen, mit dunklem Haar und einer großen Nase, der andere, etwas älter, klein und rundlich, hatte eine Mütze auf.

»Ihr dürft den Baum nicht kaputt machen«, befahl ich den Männern.

»Hey Mädchen, geh bitte zur Seite, hier wird es gleich sehr gefährlich, und wir wollen doch nicht, dass dir etwas passiert, oder?«, schaute mich der Ältere der Arbeiter warnend an. Doch ich rannte zum Baum und kletterte rauf.

»Nein«, stand ich kampflustig da. »Der Mutsch kommt nicht weg!«

»Los Fräulein, wir wollen doch nicht die Polizei rufen müssen«, forderte mich der Andere eher genervt auf.

Bitte, Bella oder Kamptu oder Karum, helft mir doch. Wo seid ihr denn?, flehte ich in Gedanken. In dem Moment stolperte der junge Mann und seine Nase machte Bekanntschaft mit der Erde. Ich musste mir die Hand vor den Mund halten, um nicht laut loszulachen. Es sah fast so aus, als ob jemand ihm ein Bein gestellt hätte. Das war bestimmt Karum, lachte ich in mich hinein. Währenddessen hob der Kleinere der Männer eine Leiter vom Wagen, die ziemlich schwer schien.

»Aaaaaah«, ertönte es auch schon aus dessen Munde. Er ließ die Leiter fallen und griff sich an den Rücken, um gleich danach nochmals ein: »Aaaaa-verdammt«, hinterher zu fluchen. Jetzt ist ihm die Leiter auch noch auf den Fuß gefallen. Mit schmerzverzerrtem Gesicht umklammerte er mit der anderen Hand den Schuh.

Ach, was hätte ich dafür gegeben, wenn ich meine Freunde jetzt in diesem Moment hätte sehen können.

Derjenige, der auf die Nase gefallen war, fluchte und schaute nach dem verletzten Dicken.

»Sieht nicht gut aus, bestimmt ein Hexenschuss«, behauptete er, und reibt sich seine aufgeschürfte Nase. Der Dickliche humpelte, jammernd vor Schmerzen, zurück ins Auto.

»Ich versuche es alleine«, machte der Jüngere sich auf den Weg zum Mutsch.

»Pass aber auf«, krächzte der Verletzte aus dem Auto.

Angst stieg in mir hoch. Was sollte ich jetzt tun?

Gar nichts, durfte ich im nächsten Moment feststellen.

Der Arbeiter versuchte seine Kettensäge zu starten, was kläglich scheiterte. Bestimmt ganze Zwanzigmal zog er an dieser Kordel, doch außer einem kurzen brumm, kam nichts. Fluchend kontrollierte er das Benzin. Wütend stellte er fest, dass der Tank leer war.

»Ich habe doch noch heute Morgen Benzin eingefüllt, das kann doch gar nicht sein.« Mit großen, schnellen Schritten lief er zum Wagen, um den Kanister zu holen. Und da ließ er eine ganze Schimpftirade los.

»Wer zum Teufel hat den Kanisterdeckel nicht zugedreht? Das ganze Benzin ist ausgeflossen.«

»Du hattest den Kanister zuletzt in den Händen, du Depp«, rief der Rundliche nach hinten.

»Scheiße«, fluchte der Lange weiter. »Und wie sollen wir nun diesen verfluchten Baum fällen? Die nächste Tankstelle ist zwanzig Kilometer entfernt.«

»Wir müssen hier abbrechen, ich halte es kaum noch aus vor Schmerzen. Fahre mich bitte zum nächsten Doktor«, flehte der Ältere.

Wütend hob der Lange die Leiter auf den Wagen, legte die Kettensäge rein, setzte sich hinters Steuer und fuhr los.

Ich blieb verdutzt stehen. So einfach war das? Stellte ich mir selber die Frage und in dem Moment sah ich Mirabella.

»Hast du supergemacht, Missi«, lobte sie mich.

»Ihr habt das supergemacht, wer war denn für was zuständig?«, wollte ich wissen.

»Also«, begann Bella, » ich war die, die das Benzin ausgeleert hat.«

»Und ich«, kam es von einer anderen Seite, »habe einen Pfeil in Richtung des kleineren Arbeiters geschossen, der nun sowas wie einen Hexenschuss hat«, lächelte mich Kamptu verschmitzt an.

»Und ich«, ertönte eine sonore Stimme unter mir, »habe der Kettensäge den Saft ausgesogen.« Auch Karum zeigte sich mir.

»Mach nicht so große Augen, Melissa«, lächelte mich Bella an.

»Ich kann euch alle sehen«, rief ich erstaunt und erfreut und überglücklich.

»Wissen wir doch«, bestätigten mir alle drei.

»Und wer hat dem jungen Mann das Bein gestellt, so dass er auf die Nase fiel?«, erinnerte ich mich.

»Ach so das, das war Kobi, er konnte es einfach nicht lassen.« Und wir lachten alle drei.

»Wo ist er denn?«, wollte ich wissen.

»Du weißt er ist eher scheu, und zeigt sich nicht gerne. Er hat Spaß daran, seine Streiche zu spielen. Danach verzieht er sich wieder. Und das hier, das wollte er sich natürlich nicht entgehen lassen«, erklärte Kamptu.

»Jetzt musst du noch einmal deine ganzen Überredungskünste herausholen, um deinen Vater dazu bewegen den Baum leben zu lassen«, befahl mir Mirabella und die anderen nickten ernst dazu.

»Auch das schaffst du noch, Bella«, ermutigten sie mich.

»Da bist du ja, Melissa«, ruft meine Mutter von der Verandatür aus. Ich stand noch immer auf einem Ast des Mutschs.

»Was hast du getan, und wo sind die Waldarbeiter?« Sie schaute verwundert herum. »Die sollten doch heute den Baum fällen. Und warum bist du nicht in der Schule?« Ganz schön viele Fragen auf einmal. Sie zog mich am Arm ins Haus. »Und nun erzähle.« Ich aber ging auf stur. Mit Mum war sowieso nicht gut Kirschen essen, wenn es nicht nach ihren Vorstellungen lief.

»Melissa, was ist los?«, wurde sie jetzt fordernder.

»Ich rede nur mit Dad.« Und blieb weiter stur.

»Die Lehrerin hat angerufen und mir mitgeteilt du seiest nicht zum Unterricht erschienen. Melissa, kannst du dir vorstellen, welche Sorgen ich mir gemacht habe?«, schimpfte sie.

»Tut mir leid.« Erst jetzt wurde mir bewusst, was ich mit dieser Aktion angerichtet hatte. Aber der Baum, der stand noch, das war wichtiger für mich.

»Tut mir leid, ist alles, was du zu sagen hast?« Jetzt war

sie aber wütend. »Ich musste extra frei nehmen«, tadelte sie mich.

»Schön, dass du dir mal Zeit nimmst für mich.« Au wei, das hätte ich besser nicht gesagt. In dem Moment rutschte ihr die Hand aus und ein stechender Schmerz durchzog meine linke Wange. Weinend rannte ich in mein Zimmer und schloss mich ein.

Als Dad nach Hause kam, wurde gleich eine riesen Diskussion in Gang gesetzt. Ich öffnete meine Zimmertür einen Spaltbreit und horchte.

»Muss dieser Baum denn wirklich weg?«, wollte Dad von ihr wissen.

»Ich mag ihn nicht, er nimmt das ganze Sonnenlicht. Außerdem ist im Herbst jedes Mal das gleiche Theater mit dem Laub.«

»Nun ja, das Laub rechen meist Melissa und ich zusammen, also von da her sollte es kein Problem sein«, konterte er.

»Der Baum muss weg, basta.« Sie duldete keinen Widerspruch.

Warum nur ist Mum so engstirnig. Meistens ist sie sowieso nicht da, also stört sie der Baum wohl kaum. Und Dad, der hält zu mir, da bin ich schon mal froh. Leise schloss ich wieder die Tür und kuschelte mich unter die Bettdecke. Da hörte ich, wie die Tür aufging und Dad reinschaute.

»Missi, schläfst du schon?«, wollte er wissen. Hätte ich ihm Antwort gegeben, wenn ich denn schon geschlafen hätte? Ich antwortete nicht, und die Tür ging wieder zu.

Am nächsten Morgen, Mum war bereits außer Haus, und ich hatte später Schule, fragte Dad mich, was denn gestern geschehen war.

Er konnte sich die Arbeitszeiten selber einteilen, und immer am Donnerstagmorgen, so wie heute, machte er sich später auf zur Arbeit.

»Dad, ich liebe meinen Mutsch so sehr, bitte lasst ihn nicht wegmachen?«, flehte ich ihn an.

»Erzähle erst einmal, was denn überhaupt passiert ist. Mum sagte, dass du die Schule geschwänzt und dann auch noch die Arbeiter verscheucht hättest. Stimmt das?« Schuldbewusst, aber mit dem Gefühl im Recht zu sein, schaute ich hoch.

»Ja und ja, aber die Arbeiter habe ich nicht alleine verscheucht. Mirabella, Kamptu, Karum und Kobi haben mir dabei geholfen«, beschwor ich ihn.

»Und wer sind denn diese Freunde?«, witzelte er.

»Dad, das ist nicht lustig, Mirabella ist meine beste Freundin, und heute durfte ich das erste Mal auch die anderen Naturwesen hier bei uns im Garten sehen«, belehrte ich ihn. »Das habe ich dir doch alles schon erzählt. Es war richtig lustig, als Kobi einem der Arbeiter das Bein stellte und der auf seine Nase fiel«, fand ich belustigend. Ich sah wie Dad mit sich rang.

»Melissa, Kobolde und Feen, und all die Naturgeister, wie du sie nennst, existieren nur in deiner Fantasie, die gibt es nicht wirklich«, belehrte er mich.

»Aber Dad, dann erkläre mir mal bitte, wie der Mann einen Schuss in den Rücken bekommen hat, ohne dass jemand auf ihn geschossen hat?« Altklug schaute ich ihn mit festem Blick an.

»Der Mann habe einen Hexenschuss erlitten, Missi, hat Mum erzählt.«

»Eben, einen Schuss, aber nicht von einer Hexe, sondern von einer Elfe«, korrigierte ich ihn. »Und dann die Kettensäge, die hatte plötzlich kein Benzin mehr drin«, berichtete ich ihm.

»Na, da wird der Arbeiter wohl vergessen haben, sie aufzufüllen.« Stellte Dad seine These auf.

»Falsch, Karum hat das Benzin ausgesogen, und der Mann war sich auch ganz sicher, zuvor die Säge mit Benzin gefüllt zu haben. Hat er selber gesagt«, berichtigte ich meinen Vater. »Und Mirabella hat den Kanister ausgeleert«, erklärte ich ihm noch dazu.

»So kann man es natürlich auch interpretieren«, meinte Dad dann nur. »Dabei sind das alles nur Zufälle.«

»Nein.« War meine knappe Antwort. Und bereitete mich für die Schule vor.

»Hilfst du mir nun, den Mutsch zu retten?«, schaute ich ihn flehend an.

»Das könnte ein schwieriges Unterfangen werden«, räusperte er sich. »Ich werde es versuchen, wenn dir so viel an diesem Baum liegt.« Und verdrehte die Augen.

»Für den Rest der Woche wird hier sowieso kein Waldarbeitertrupp mehr auftauchen, und bis dahin werden wir Mum schon noch irgendwie umstimmen.« Glücklich sprang ich ihm um den Hals und bedeckte sein ganzes Gesicht mit Küssen. Lachend versuchte er, sich von mir zu lösen, was ihm nur mühsam gelang. Mit aller Kraft drückte ich ihn und war nicht bereit, ihn wieder loszulassen.

»Jetzt ist gut Missi, du musst zur Schule.« Probierte er es anders zu lösen. Und das brachte dann seine Erlösung. Pfeifend und hüpfend verließ ich das Haus.

80C3

»Mum«, Belinda hüpft vom Baum, legt sich ins Gras und schaut sich den Mutsch von unten an. »Hat deine Mum dir den Baum denn nun geschenkt?«

»So kann man es auch sehen. Die Firma, die den Baum hätte fällen müssen, konnte nicht mehr kommen, und sonst jemanden der das erledigt hätte, gab es nicht.« Eine ganze Weile herrscht Stille, und dann plötzlich sagt Bella mehr zu sich selber:

»Danke Mirabella.« »Und danke Kamptu«, und zur Erde drehend, »und natürlich auch dir, Dankeschön, Karum.« Zufrieden lächelnd, kreuzt sie die Arme hinter dem Kopf und betrachtet versonnen den Mutsch.

*I*ch begebe mich zum Konferenzraum unserer Bank, wo ich erwartet werde. Am Tisch sitzen mein Chef, Herr Scheumann, neben ihm Herr Kufladen und gegenüber rutschen Julia und Gered nervös auf ihren Stühlen hin und her.

Die ganze Sache mit den Mails wurde allmählich geklärt, und die internen Ermittlungen abgeschlossen. Ich nehme am Kopfende Platz, und begrüße alle Anwesenden mit einem kurzen Kopfnicken.

Mir ist mulmig im Magen, obwohl ja nicht ich die Schuldige bin. Es werden zwei an den Pranger gestellt, die mir mittlerweile, ironischerweise, ans Herz gewachsen sind.
Julia muss als Hauptschuldige die Verantwortung für ihre Tat tragen. Gered ist ja nur aus Verliebtheit reingerutscht, was ihm aber zum Verhängnis wurde. Als Mitwisser trägt er eine gewisse Mitschuld.

»Frau Bergstein«, beginnt Herr Scheumann das Gespräch. »Gemäß unserer vorhergehenden Unterredung verzichten Sie gänzlich auf eine Anzeige, noch verlangen Sie Schadensersatz, für die an Ihnen verübte Untat. Ist das richtig so?« Will er von mir bestätigt wissen, und schaut mich über den Brillenrand an.

»Ja, das ist so«, bestätige ich. Bei Gered fällt hörbar ein Stein vom Herzen und Julia schaut beschämt zu Boden. Es bedarf keiner weiteren Erklärung. Herr Scheumann, sowie Herr Kufladen kennen die ganze Geschichte.

»Da auch die anderen Opfer von einer Strafanzeige abgesehen haben, wird auch kein Strafverfahren eingeleitet«, berichtet unser Chef.

Eine verzwickte Situation. Einerseits haben die zwei eine Straftat begangen, und müssen dafür gerade stehen, andererseits.....

»Dass dieses Spiel ein Nachspiel mit sich trägt, ist wohl allen klar.« Der Chef schaut einerseits tadelnd, andererseits bedauernd von Gered zu Julia. »Dass Sie Frau Hofmanns, das Geschäft umgehend verlassen müssen, brauche ich nicht zu erklären.« Julia akzeptiert mit einem Kopfnicken und ohne Widerspruch, während sie den Blick noch immer Richtung Boden hat.

Gered hält dem Blick des Chefs stand, als er ihn anblickt. »Und nun zu Ihnen Herr Hufstein. Dass ich von Ihnen unsagbar enttäuscht bin, muss ich ja wohl nicht sagen. Ich hatte so viel Hoffnung in Sie gesetzt. Sie hätten gute Chancen gehabt, hier ganz weit zu kommen. Diese, absolut unbegreifliche und absurde Tat, können wir nicht einfach so stehen lassen und tolerieren.«

Ich sehe, wie jegliche Hoffnung auf Gnade, aus Gereds Gesicht verschwindet. Er begreift, dass er mit diesem Blödsinn seiner Karriere geschadet hat. Auch er senkt den Blick

Richtung Boden, und man kann sehen, wie er seine Tat bereut.

»Bitte, Herr Scheumann«, meldet sich jetzt Julia. »Ich nehme die ganze Verantwortung auf meine Kappe. Gered, ich meine Herr Hufstein, kann wirklich nichts dafür. Seine Infos waren nicht auf die Bank bezogen, er gab mir nur Antwort auf meine Fragen, ohne zu wissen, wofür ich diese Infos benötigte.« Bittend, fast bettelnd und mit traurigem Blick, schaut sie verzweifelt zu Herrn Scheumann, und abwechselnd zu Herrn Kufladen.

Die Zwei schauen sich grinsend an, keiner von uns weiß, wie reagieren. Was ist denn daran so lustig, und wir alle drei schauen fragend zu den beiden.

»Na gut, wenn dem so sei. Ihnen kommt zu gut, dass Sie sich selbst gestellt haben.« Er richtet den Blick zu Gered und dann zu Julia: »Dann verdonnern wir Sie, Frau Hofmanns, allen Beteiligten und Geschädigten ein Nachtessen zu offerieren, gekocht aus eigener Hand. Und Sie Herr Hufstein, tragen dazu bei, dass niemand auf dem Trockenen bleibt.« Verdutzt schauen wir uns an, das ist jetzt doch aber ein Witz, oder? Als könnte Herr Scheumann Gedanken lesen:

»Das ist kein Witz. Wir haben alle Betroffenen aufgeklärt, und ihnen die Möglichkeit gegeben, eine Anzeige gegen Sie zwei zu erstatten. Alle Beteiligten waren zwar entrüstet und vor allem überrascht und auch enttäuscht, als sie erfuhren, wer hinter diesen intriganten Mails steckte. Doch keiner brauchte auch nur länger als einen AugenBlick um zu einem Urteil zu kommen.« Er macht eine kurze Denkpause und lächelt Julia und Gered gnädig an: »Jeder hielt davon ab, die Tat zur Anzeige zu bringen.« Mit Betonung auf ›jeder‹.

»Anscheinend, Herr Hufstein, genießen Sie hohes Ansehen in der Bank. Keiner will Sie hier missen, zu wichtig ist Ihre Anwesenheit hier bei uns. Aber eines wird verlangt, mindestens eine Kiste Bier muss schon drin liegen. Und damit Sie sich bei allen entschuldigen können, sind auch alle bereits vor der Tür versammelt.«

Während Herr Scheumann diese Worte spricht, lässt Herr Kufladen alle draußen versammelten Mitarbeiter eintreten. Losgelöst und mit Tränen in den Augen, umarmt Gered, vor lauter Freude, einen nach dem anderen.

»Die Kiste Bier musst du aber schon bringen«, sagt einer der Anwesenden. Wenn es nur das ist, sind meine Gedanken und ich freue mich für ihn.

Julia tut mir leid, doch wussten wir beide von den Konsequenzen. Außerdem ist sie für diesen Job sowieso überqualifiziert. Sie wird schnell wieder eine Anstellung bekommen, zumal kein Wort über den Vorfall in ihrem Arbeitszeugnis erwähnt sein wird. Da hat sich der Bigboss raffiniert aus der Verantwortung gezogen. Mir soll es recht sein, und Julia sicher auch. Die Stelle wurde leider gestrichen.

So glimpflich wie dieser Fall, läuft wahrscheinlich kein anderer ab. Dank der Beliebtheit von Gered und dem Charme von Julia, wurden sie von einem schlimmeren Urteil verschont.

Ich glaube, ich muss meine Meinung gegenüber der

Institution unserer Bank ein wenig revidieren. Es kann also doch noch ein gewisses Mass an Menschlichkeit und Zusammenhalt gepriesen werden.

Der einzige Wermutstropfen ist; die Bürofee wird mir echt fehlen. Einen Blick Richtung Decke – danke ihr Lieben da oben, ein weiteres kleines Wunder – und ich lächle in mich hinein.

*D*ie Geschichte, die ich gestern mit Belinda geteilt habe, hat mir soviel Ruhe und Freude eingehaucht, als ob ich sie das erste Mal gehört hätte. Dabei habe ich das erlebt, oder? Wo ist die Realität, wo die Fiktion? Oder ist es am Ende genau umgekehrt? Ist das, was wir unter Fiktion verstehen; Naturwesen, Engel, Feen, Kobolde, am Ende nicht die Realität?

Und ist die Realität, wie wir sie kennen vielleicht auch nur ein Teil der Wahrheit? Wer sagt mir, dass alles was ich im Moment erlebe, nicht nur ein Traum ist? Gedanklich erschaffen, und gedanklich wieder veränderbar?

Ist unser Verstand nicht darauf programmiert, das zu glauben, was man sieht, alles andere ist Humbug oder Fantasie? Warum hat man denn diese Vorstellungskraft? Woher kommt die? Die Welt von Mirabella war so real, auch wenn sie nicht alle sehen konnten, genau genommen, niemand den ich kannte.

Oder traut sich am Ende niemand zuzugeben, dass er mehr sieht als die Anderen? Die Gefahr als verrückt betitelt zu werden, ist ziemlich groß.....

Nicht jedoch als Kind, da ist es wiederum normal Fantasie zu haben. Im Gegenteil, es ist sogar süß, wenn ein Kind mit einem Schmetterling spricht oder mit unsichtbaren Wesen spielt. Versuch das mal als Erwachsener.....

Wenn ich Belinda meine Geschichten erzähle, dann sehe und erlebe ich die »Nebenwelt« ein zweites Mal.

Ist das falsch? Glaube ich nicht; außerdem konnte ich die Sorgen um Marlis und Tanias Situation bis heute morgen vergessen. Also, so falsch kann es wirklich nicht sein, an sogenannte Wunder zu glauben. An die Kraft, Dinge verändern zu können und realistisch an eine erweiterte Welt zu glauben. Noch schöner, sie zu sehen.

Da kommt mir in den Sinn, ich hatte mal eine kleine Holzkiste von Herrn Jakobs bekommen. Dad hatte sie ihm überreicht, mit der Bitte sie mir an meinem dreizehnten Geburtstag zu überreichen. Warum gerade an meinem Dreizehnten, weiß ich bis heute nicht. Da das Thema Dad damals für mich abgeschlossen war, habe ich sie nie geöffnet, nur aufgehoben. Wo war sie denn gleich?

Ich laufe runter zum Keller, da klingelt das Telefon. Das ist Gerda, die kann ich nicht warten lassen. Ich hoffe, dass die Situation zwischen Marlis und Tania nicht eskaliert ist. Schnell springe ich hoch ins Wohnzimmer, um den Anruf entgegenzunehmen.

»Hallo«, melde ich mich.

»Hallo, hier Mutter«, und dann herrscht eine Weile Funkstille.

»Ja«, fordere ich sie zum Reden auf.

»Die beiden Mädels waren gestern nochmals hier«, beginnt sie zu erzählen. »Unser komisches Verhalten am Vorabend, hat Tania dann doch stutzig gemacht. Da Marlis weiter so tat, als wäre alles in Ordnung, wollte sie nochmals mit mir sprechen, und kündigte ihren Besuch an.

Ich kontaktierte darauf Marlis, und wollte wissen, was denn nun Sache sei. Diese heulte nur, und beschwor mich, Tania nichts zu erzählen.

Sie hätte behauptet, dass das Kind aus einem One-Night-Stand entstanden sei, wo sie ja nicht unrecht hatte. Daher auch die Besorgnis von Tanias Seite. Sie wollte ihr unbedingt zur Seite stehen und machte bereits Pläne, wie und wo das Baby aufwachsen würde und was weiß ich noch was alles.

Daraufhin konnte Marlis ihr die Wahrheit unmöglich beichten und machte das ganze Theater mit.«

Eine längere Pause entsteht in der Leitung und ich höre, wie Mutter schnieft. Dann melde ich mich zu Wort.

»Und wie sieht es jetzt aus?«, frage ich vorsichtig.

»Ich habe Marlis zur Besinnung gebeten«, fährt sie fort. »Ich habe ihr gut zugeredet und sie aufgefordert auch vorbeizukommen und das Geheimnis zu lüften. Es würde niemals gut gehen, außerdem betrifft es auch Collins, und es wird ein schwieriges Unterfangen werden, mit der stetigen Lüge leben zu müssen. Auch für mich und dich Melissa.«

Ja, da hatte sie recht. Es wäre nicht fair Tania gegenüber. Und was, wenn sie eines Tages, durch einen dummen Zufall, was ja oft genug vorkommt, doch auf die Wahrheit stoßen würde? Nicht auszudenken, was dann los sein würde. Die ganze Familie wusste es, und alle hätten sie im Dunkeln gelassen.

»Außerdem hat sie mir auch noch gestanden, dass zwischen ihr und Collins doch mehr läuft. Also kurzum, sie sind ein Liebespaar. Die arme Tania.« Mutter weint hörbar.

»Weiss es Vater denn schon?«, versuche ich das Gespräch wieder aufzunehmen.

»Zwangsläufig«, sie schnieft in ihr Taschentuch. »Marlis und Collins sind eine halbe Stunde eher bei uns eingetroffen. Sie meinten, wenn schon die Wahrheit, dann soll Collins auch gleich dabei sein. Es ging ihr, und auch ihm, wirklich nicht gut. Geschweige denn mir.

Vater war auch anwesend; ihn mussten wir ja erst einmal aufklären. Er konnte seinen Zorn kaum bändigen, schrie und tobte umher. Ich hatte ihn noch nie so gesehen. Marlis war in Tränen aufgelöst und Collins versuchte sie einfach zu beschützen. Ich musste all meine Redekünste anwenden, um ihn zu beruhigen. Ich beschwor ihn, Ruhe zu bewahren, des Kindes wegen. Und da besann er sich dann endlich. Allerdings verließ er das Haus, er wollte nicht dabei sein, wenn Tania eintraf, sonst vergesse er sich womöglich doch noch.

Wie verabredet kam Tania um neunzehn Uhr. Verwundert, auch Marlis und Collins hier anzutreffen, umarmte sie ihre kleine Schwester und zu Collins gewandt, was er denn hier mache.

Die bedrückende Stille ließ sie aufhorchen. Was hier los sei, wollte sie wissen. Und da sprudelte es nur so aus Marlis heraus. Ohne Punkt und Komma erzählte sie ihr die ganze

Geschichte. Auch dass Collins und sie zusammen seien und das Kind gemeinsam großziehen wollen.«

»Wie hat Tania reagiert?«, frage ich vorsichtig. Ich habe Gänsehaut, ein Schauer läuft über meinen Rücken, und ich weiß nicht, ob ich überhaupt hören will, was sie zu sagen hat. Aber sie erzählt schon weiter:

»Tania wurde bleich und schaute dann Collins hasserfüllt an. Sie wollte von ihm wissen, wann er ihr das alles überhaupt erzählen wollte. Es sei noch nicht einmal eine Woche her, wo sie zusammen geschlafen hätten. Das wiederum erschreckte Marlis, und nun war sie die, die ihn beschimpfte. Er habe ihr erzählt, dass schon lange nichts mehr zwischen ihm und Tania laufe, und er froh wäre, endlich zu ihr stehen zu können.

Collins war perplex und brachte gar kein Wort mehr hervor. Bis er den Ernst der Lage begriff und Marlis beschwor, Tania lüge, er hätte sie, seit er von der Schwangerschaft erfahren habe, nicht mehr angefasst. Da sprang Tania wieder dazwischen und fragte Marlis, ob sie letzten Donnerstagabend Collins angerufen hätte, und er mit fadenscheinigen Argumenten versuchte sie abzuwimmeln? Ob er zufällig die Worte:

›Ach, entschuldige bitte, ich kann gerade nicht sprechen, bin beschäftigt, ich rufe zurück‹, und hätte dann das Gespräch unterbrochen?

Die Augen von Marlis sprachen Bände. Erschüttert schaute sie zu Collins und ich ahnte nichts Gutes.

Tania klärte schonungslos weiter auf; sie wollten es sich gerade vor dem Kamin gemütlich machen als der Anruf kam. Neugierig fragte Tania nach dem Anrufer. Collins murmelte etwas von ›Marlis‹, während er sich zu Tania legte, und meinte, er hätte jetzt aber Besseres zu tun. Nun rate mal was.....!«

Das sprengt den Rahmen, geht es wirr durch meinen Kopf. Dieser Collins, ein Tu-nichts-gut, und schnappt sich mit Genuss gleich beide Mädels. Wer weiß, wie viele Affären er sonst noch unterhält. Meine Gedanken spricht Mutter dann auch gleich aus:

»Der hat bestimmt noch mehr Frauen an der Angel. Marlis und Tania haben ihn dann kurzerhand rausgeworfen. Gott sei Dank war Vater nicht da, dann hätte ich keine Garantie mehr gegeben.«

»Das kannst du laut sagen«, binde ich mich wieder ein, »und was ist nun zwischen den Mädels?«

»Das kannst du dir vorstellen; Marlis tut es unendlich leid und Tania ist stinkesauer und total enttäuscht. Ich habe dann versucht, ein konstruktives Gespräch auf die Beine zu stellen. Was mir aber eher schlecht als recht gelang.

Da, auf einmal, musste Tania lachen. Marlis und ich schauten sie verdutzt an. Wisst ihr was, hatte sie uns gefragt. Wäre das nicht passiert, würde Herr Hutson weiter sein Unwesen treiben. Von Freunden hätte sie schon mehrfach zugeflüstert bekommen, dass er nicht gerade der treueste Mann wäre. Sie hatte dem aber keine größere Bedeutung zu kommen lassen, es als Eifersüchteleien abgetan.

Wenn sie jedoch ehrlich wäre, so wollte sie es einfach nicht glauben, vermutlich sei das der Grund gewesen, dass sie nie ein Kind wollte, zumindest nicht von ihm. Das wäre ihr in diesem Moment klar geworden. Und zu Marlis gewandt, drohte sie ihr noch einmal, sie solle ja die Hände von Collins lassen. Er würde garantiert, über kurz oder lang, auch sie unglücklich machen. Zu gut war der Sex mit ihm in der letzten Zeit gewesen, als dass sie auch nur das Geringste von seinen Seitensprüngen gemerkt hätte.

Marlis soll es sich zu Herzen nehmen. Sie selber war froh, endlich die Augen geöffnet bekommen zu haben. Sie versprach, Marlis jederzeit zu unterstützen, und dankte ihr sogar mit einer herzlichen Umarmung. Nicht ohne sie noch einmal vor Collins gewarnt zu haben.

Komischerweise ist jetzt nicht mehr Tania die Geschädigte, vielmehr Marlis. Wie es dort weiter geht.....?«, sie quittiert diese Frage mit einem Seufzer.

»Das lassen wir mal auf uns zukommen«, relativiere ich die Lage. »Ich bin da, und zusammen schaukeln wir das schon. Wissen denn die anderen drei, Peter, Silvie und Magdali von dem Vorfall?«, will ich wissen.

»Nein, ich wollte erst dich benachrichtigen. Danach werde ich mit Marlis die Lage besprechen. Vielleicht will sie es ja selber tun.« Ich merke, wie Mutter Gerda müde ist. Die ganze Sache hat sie sehr mitgenommen.

»Ruhe dich erst einmal aus«, fordere ich sie auf, »morgen ist auch noch ein Tag.«

»Ja, das tue ich, war emotional eine regelrechte Achterbahn. Ich bin aber froh, dass zwischen Marlis und Tania keine Eiszeit herrscht. Nicht auszudenken, wenn wir dem Wunsch von Marlis gefolgt wären und Tania im Unklaren gelassen hätten.«

»Stimmt, so ist es nur noch das kleinere Übel.«

Ich bin froh das die Geschichte doch noch ein einigermaßen gutes Ende genommen hat, und beende das Gespräch mit einem ›tschüss‹.

Gedankenverloren laufe ich in Richtung Küche und sehe, dass die Kellertüre offen steht. Was wollte ich vorhin im Keller holen? Genau, die Kiste, die müsste irgendwo da unten sein. Erneut steige ich die Treppe runter und mache mich auf die Suche nach dieser Holzkiste. Wo habe ich sie nur hingelegt? Angestrengt versuche ich, mich zu erinnern.

»Mum, Muuuuum«, ruft meine Kleine aus der Wohnung.

»Hier unten, im Keller bin ich.« Und kurz danach steht sie schon hinter mir.

»Was suchst du denn da, Mum?«

»Eine kleine Holzkiste, ich muss sie irgendwo hier hingelegt haben«, erkläre ich ihr.

»Eine kleine Holzkiste?«, schaut sie mich fragend an.

»Kann sie auch weiß sein und irgendetwas steht drauf?«, fragt sie weiter.

»Ja, eine Holzkiste, die weiß angestrichen wurde. Woher weißt du das?«, schaue ich sie verwundert an. Ich hatte die Holzkiste nie erwähnt, zumal ich ja selbst vergessen hatte, dass es sie überhaupt gibt.

»Bitte nicht böse sein?« Schuldbewusst schaut mich Belinda an.

»Warum sollte ich?«, frage ich verdutzt.

»Ich habe hier unten eine kleine, weiße Kiste entdeckt, als ich ein Glas Marmelade holen musste.« Immer noch schuldbewusst dreinschauend, die Hände ineinander verschränkt, dreht sie sich leicht hin und her und hofft sichtlich auf Gnade.

»Und wo ist sie jetzt?«, fordere ich sie auf, es mir zu verraten.

»In meinem Zimmer unter dem Bett«, beichtet sie.

»Aha, und hast du sie geöffnet?«

»Jjjja«, kam es zögerlich.

»Dann zähle ich jetzt bis drei, und wer zuerst oben ist, darf sie wieder öffnen.« Und schon rennt Bella die Treppe hoch und geradewegs ins Zimmer unters Bett.

Vorsichtig, als würde sie einen kostbaren Schatz hüten, stößt sie die Kiste unterm Bett hervor. Ich weiß nicht, wer von uns zwei gespannter war. Das erste Mal in meinem Leben, dass ich in diese Kiste schaue. Keine Ahnung was mich erwartet. Kann man denn so nervös sein, wegen eines kleinen Mysteriums?

Anscheinend ja, ich komme mir vor wie ein kleines Kind, das jeden Moment einen Schatz entdecken wird.

Belinda platziert die Kiste so, dass wir beide einen Blick darauf haben.

»Was steht denn da?« Sie zeigt mit ihrem zierlichen Finger auf den Schriftzug.

»Meine Freunde«, lese ich ihr vor.

Ganz langsam, als könnte sie was kaputt machen, öffnet sie den Deckel. Ein wenig verdutzt schaue ich die Gegenstände an, die da drin sind. Einen Knopf, ein Holzspieß, eine Perle mit Löchern, eine Feder, eine gepresste Blume, und etwas Rotes, das aussieht wie eine kleine Haarlocke. Und das hat mein Vater für mich aufbewahrt? Ich kann mich nicht erinnern, und sehe auch keinen Zusammenhang zu meinem Vater. Was wollte er mir damit sagen?

»Mum«, holt mich Bella aus meinen Gedanken. »Ist das eine Locke von Mirabella?«, fragt sie mit leuchtenden, großen Augen. Ein Blitzgedanke durchzuckt mein Gehirn.

»Mirabella!«, entfällt mir ein Jauchzer, »ja, genau Mirabella, das ist eine Locke von Mirabella.«

Ich glaube, ich bin nicht mehr ganz bei Sinnen. Was bis jetzt, trotz allem, doch irgendwie nur Fiktion war, entpuppt sich allmählich immer mehr zur Wirklichkeit.

Die Locke, die mir Mirabella geschenkt hatte. Als Erinnerung, als hätte sie geahnt, dass ich sie vergessen würde. Bewusst hat sie mir eine Botschaft hinterlassen.

»Und von wem hast du den Knopf?« Mit zwei Fingern rollte sie einen braunen Knopf hin und her. Lächelnd erzähle ich ihr:

»Den Knopf, Bella, den hat mir Kobi geschenkt, genau wie Mirabella, wusste auch er, dass ich sie eines Tages vergessen würde. Jetzt fällt es mir auch wieder ein. Kobi riss sich den Knopf von seinem Hosenträger ab. Er hatte nur einen, der quer über seine Brust verlief, und der viel zu lang war, so dass er die Hose eh mit den Händen hochhalten musste. Er wollte mir doch auch etwas zur Erinnerung mitgeben.«

»Und der Pfeil?« Sie nimmt dieses lange schmale Ding – ich dachte erst, es sei ein Holzspieß – heraus, und legt es in meine Hand. Stimmt, es ist ein Holzpfeil. Er wurde ein wenig gekürzt, so passte er in die Kiste.

»Den Pfeil, den hat mir Kamptu geschenkt«,

»Die Geschichte von gestern, Mum!«, freute sich Bella.

»Genau Kamptu, die Kriegerelfe«, bestätige ich ihr. Das ist der Pfeil, der den Waldarbeiter getroffen hatte.

Jetzt nimmt Belinda eine Feder raus und sagt:

»Und die Feder ist von Coprax.« Ja, es war die von Coprax.

»Und kannst du dich auch an die Geschichte mit der Feder erinnern?«, teste ich sie. Mal sehen wie gut sie zugehört hatte, als ich all die Geschichten aus der Nebenwelt erzählte.

»Die Feder hast du im Garten gefunden, ein Geschenk von Coprax«, erklärt sie. »Die Feder, die du ins Tintenfass stecken kannst und dann schreibt sie.« Fügt sie hinzu, stolz noch zu wissen wo diese Feder vor kam.

»Du bist wirklich eine gute Zuhörerin«, lobe ich sie.

»Und weißt du auch woher die Perle kommt?« Ein langes Zögern, man kann förmlich sehen, wie es hinter ihrem Wuschelkopf rattert.

»Na, ein kleiner Tipp; Wasser«, helfe ich ein wenig.

»Fische?«, gibt sie kleinlaut von sich.

»Nein, aber fast«, helfe ich ihr auf die Sprünge.

»Die Meerjungfrau.« Und sie springt mit einem Satz hoch, glücklich das Rätsel gelöst zu haben. Ich teile das Glück mit ihr und bestätige:

»Super, genau richtig. Das war die Meerjungfrau. Weißt du auch noch ihren Namen?«, mache ich es ein bisschen schwieriger. Und wieder hört man es hinter ihrer Stirn rumoren. So schnell gibt sie nicht auf, das ist schon mal klar.

»Mi.., Mic...«, versucht sie, den Namen zu enträtseln.

»Vic.....«, helfe ich ihr.

»Vic....., Vicki....., Vickti..... Victoria«, jauchzt sie fröhlich. Beide lachen wir vor Freude. Und aufspringend umarmt sie mich. Ich muss sie regelrecht zur Vorsicht mahnen. Nicht, dass unsere Köpfe aneinander schlagen, vor lauter Rumgehopse.

»Victoria, die Meerjungfrau«, wiederholt sie, »hat dir diese wunderschöne Perle geschenkt«, bewundernd dreht sie die Perle zwischen ihren Fingern.

»Genau, ich kann mich noch erinnern, was für eine wundervolle Kette sie trug, so eine hatte ich noch nie zuvor gesehen. Von solcher Schönheit, die es hier nicht gibt.«

»Und ist die Kette dann nicht auseinandergefallen, als sie dir eine Perle schenkte?« Kluges Mädchen.

»Nein, ist sie nicht. Weißt du, mein Schatz, es gibt manchmal Dinge, die gar nicht sein können, und doch sind sie es. Man nennt sie auch Wunder. Man kann es einfach nicht erklären, und doch gibt es sie.«

»Ist die Nebenwelt auch ein Wunder?«, will Bella wissen.

»Ja, die Nebenwelt ist auch ein Wunder.....« Und ich kann spüren, dass genau wie ich, auch Bella daran glaubt.

Bella spielt mit der Erde, die ebenfalls in der Kiste liegt. Zuerst dachte ich, es sein ein wenig Schmutz, der sich in den Jahren angesammelt hatte. Aber nein, das gehörte zu einem Erlebnis.

»Weißt du, mit was du da gerade spielst?«

»Mit Schmutz«, und zeigt mir ihre braunen Finger.

»Fast, nennen wir es einmal Erde«, berichtige ich sie.

»Auch die habe ich geschenkt bekommen.« Fragend schaut sie mich an.

»Das ist ein wenig schwieriger. Kannst du dich an die Geschichte mit der Schulkameradin, dessen Mutter gestorben war, erinnern?«, half ich ihr auf die Sprünge.

»Ja, das war Petrix, der dir geholfen hat, und der aus der Erde gekrochen kam. Ist das seine Erde?«

»Genau, das ist ein bisschen Erde, die er mir zur Erinnerung gab. Und ich wette, wenn man diese Erde untersuchen lassen würde, würde sie sicher einige Forscher vor Rätsel stellen.«

»Und die Blume ist vom Heinzelmännchen«, ist sich Bella sicher.

Lustig, dass ich Belinda gerade die Geschichten erzählt habe, von denen wir nun hier ein Souvenir haben. Dabei gibt es noch so viele Abenteuer mit Mirabella.

»Mum«, mit einem ernsten Blick steht sie vor mir. »Wenn ich mit Mirabella reden würde, würdest du mir dann glauben?« Na, das war doch mal eine Frage. Wie würde ich reagieren?

»Belinda«, sage ich nach kurzem überlegen ernst, »wenn du Mirabella siehst, dann siehst du sie auch wirklich. Ganz egal was wir Erwachsenen glauben oder nicht, wichtig ist, dass du es glaubst. Ich weiß nicht, ob du Mirabella sehen wirst, vielleicht ist es auch ein anderes Wesen, das dir zugetan ist. Ist auch gut so. Du hast deine eigene Welt, die sich mit meiner sowieso vermischt.«

Belinda nickt zur Bestätigung fest mit dem Kopf. Liebevoll drücke ich sie an mich und gebe ihr einen Schmatzer auf die Stirn. Wir schauen nochmals schweigend einen AugenBlick all die wundervollen Gegenstände in der Kiste an.

Warum hat mein Dad diese Kiste und nur diese Kiste aufbewahrt? Für einen, der die Nebenwelt nicht kennt, hat dessen Inhalt überhaupt keine Bedeutung. Eigentlich alles nur unnützer Kram, den ich damals auf einem Regal liegen hatte, mit einem Zettel »meine Freunde« drauf gekritzelt. Doch Dad hat darauf bestanden, dass Herr Jakobs mir diese Kiste, worin er genau diese Utensilien verstaut hatte, zu meinem Geburtstag überreicht. War es nur Sentimentalität, die er empfunden hatte, da ich ja des Öfteren von meinen so genannten Freunden sprach? Oder war er auch damit verbunden und konnte es nicht zugeben?

Wie auch immer, das wird wohl für ewig ein Geheimnis bleiben. Doch ist es das schönste Geschenk, das er mir machen konnte. Und ich glaube, es ist an der Zeit, diese Erkenntnis, diese Sicht, dieses Wunder, wie auch immer wir es nennen wollen, weiterzugeben.

»Liebes, diese Kiste schenke ich nun dir. Vielleicht werden sich demnächst noch weitere Utensilien darin befinden«, zwinkere ich ihr zu. Sie schaut mich mit einem Schmunzeln an und erklärt lapidar:

»Von nun an mache ich AugenBlicke, und erzähle dir Geschichten aus der Nebenwelt.« Dreht sich um, und mit einem kurzen, »komm«, verschwindet sie raus und in den Garten.

Hat sie mich gemeint?

Schlusswort der Autorin

Schon in jungen Jahren schrieb ich Gedichte zu Geburtstagen, Hochzeiten, was eben gerade so anfiel. Der Gedanke, ein Buch zu schreiben, der kam allerdings erst viel später. Es vergingen Jahre, in denen ich viele erfreuliche Erfahrungen mit meinen Gedichten und Leitsätzen machen durfte.

Ich hatte gerade meinen dreissigsten Geburtstag hinter mir, da entschied ich mich: ›Mit vierzig schreibe ich ein Buch‹. Es macht keinen Sinn mich zu fragen, warum gerade, oder erst mit vierzig. Keine Ahnung. Ich denke, da war eine lange Zeitspanne dazwischen, sodass ich dieses Projekt vor mir herschieben konnte. Kann auch sein, dass ich noch mehr Erfahrungen sammeln musste. Erfahrungen, um gerade dieses Buch schreiben zu dürfen.

Schlussendlich feierte ich meinen Fünfzigsten, als ich endlich den Startschuss für ein Autoren-Dasein gab.

Hier möchte ich einbringen, die ganzen Gedichte die ich in meinem Leben geschrieben habe, kommen zwar von meiner Hand, doch ob sie von mir stammen.....? Ich habe sie nicht von einem anderen Dichter kopiert, nein, vielmehr sind mir die Zeilen zugeflogen. Las ich eines meiner Gedichte Monate später wieder, so war ich manchmal selber überrascht, und verblüfft, woher ich diese Wortwahl und den Kontext nahm. Und da wurde mir klar, ich hatte immer Hilfe von irgendwoher bekommen. Gedankenblitze, Ideen die auf einmal da waren, wenn ich mich darauf einließ.

So entstand auch dieses Buch. Es ist grundsätzlich frei erfunden, und doch ist ein Quäntchen Wahrheit dahinter, oder auch mehr. Wenn ich in den Garten gehe, überkommt mich eine Freude, die ich früher nie gespürt habe. Ich erfreue mich jeder einzelnen Blume, beobachte die Bienen und Schmetterlinge..... Und dass ich immer einen wundervollen Garten wollte, aber ihn nie hinbekam, das stimmt auch. Ich stecke viel Zeit hinein, aber diese Zeit ist eine Freude und kein Muss. Das ist der Unterschied zu früher, was mit einem langen Lernprozess zu tun hatte. Und ein AugenBlick im Garten, kann nun einen ganzen, wundervollen Tag dauern.

Einige im Buch enthaltene Geschichten sind aus dem Leben gegriffen. Und vielleicht erkennt der eine oder andere sich darin wieder.

Der Titel, »Ein AugenBlick« ist das Tor zur »Nebenwelt«, oder »Astralwelt«. Viele Menschen haben die Gabe sie zu sehen, zu spüren oder zu hören.

Mirabella sagte mal: »Im Prinzip, könnte uns jeder sehen und alle Antworten liegen so nah und doch sind sie wieder so fern.«

Ein Mysterium, das leicht zu entschlüsseln wäre, hätte man denn nicht Angst davor.

Sind Dir nicht auch schon, seltsame Dinge passiert die unerklärlich sind? Kurze AugenBlicke die das Leben grundlegend, oder auch im Kleinen verändert haben? Denk mal nach! War es Zufall, oder sollte es einfach so sein? Oder hatte am Ende, da vielleicht doch noch jemand die Hand im Spiel? Nur weil man die Astralwelt nicht sehen kann, heißt es noch lange nicht, dass sie nicht da ist.

Alle Kinder, bis ca. fünf Jahre und viele auch drüber hinaus, besitzen noch die Gabe. Nehmt ihnen ihren Blick, oder von uns auch rege Fantasie genannt, nicht weg, vielmehr, unterstützt sie dabei, die Gabe bewahren und leben zu dürfen. Den Blick in die »Nebenwelt«. Für sie ist das normal. Und, auch wir waren mal Kinder.....

Ich war als Kind immer eine Träumerin. Nur kann ich nicht mehr sagen, was ich in meiner »Traumwelt« gesehen habe. Irgendwann hörte das auf. Ob ich auch einen AugenBlick lang in der »Nebenwelt« war, sei dahin gestellt.

Danksagung

Und auch wenn man noch den Drang verspürt, und das über Jahrzehnte, ein Buch schreiben zu müssen, so kommen doch immer wieder Zweifel auf. Zweifel ob es überhaupt Sinn macht, so viel Zeit zu investieren, wo doch bald jeder Autor werden will? So kann ich nur sagen: Ja, es war die Mühe wert, für mich und wenn Du Freude an diesem Roman hast, dann auch für Dich. Ob es mit den Zweifeln nun nur beim ersten Buch so ist, erzähle ich Dir dann im Zweiten.

Danke für den AugenBlick mit Dir.

Danke auch all denen, die mich durch mein Leben begleitet haben. Und die, die mich, schon in jungen Jahren zum Schreiben inspirierten.

Dankbarkeit zolle ich allem voran meiner Familie:

Meiner großen Schwester und dessen Mann, die mich als Kleinkind, zusammen mit noch zwei Brüdern, selbstlos zu sich geholt und uns wie ihre Eigenen großgezogen haben, obwohl sie selber vier Kiddies bekamen, welche uns schlicht und einfach als Geschwister akzeptierten.

Meinem Mann, der meine noch so verrückten Ideen still-schweigend akzeptiert. So auch bei diesem Buch, war ich doch viele Stunden in einer anderen Welt, und kaum er-reichbar. Was auch von meinen drei Kindern anstandslos toleriert wurde.

Ein süßes Dankeschön meiner Lehrmeisterin, die mich die letzten zwanzig Jahre das Vertrauen in die Intuition gelehrt hat. Auch sie motivierte mich zum Schreiben.

Last but not least, bedanke ich mich bei einer hartnäckigen, puschenden und mir immer in den ohrenliegenden, wunderbaren Frau, die stets an mich geglaubt und mich die ganze Zeit des Schreibens unterstützt hat, Simone. Es ist unser Buch. Gerne immer wieder.....